Las Lanzas Coloradas

Las Lanzas Coloradas

Por

Arturo Uslar Pietri

Edited with introduction,
notes, exercises and vocabulary
By DONALD DEVENISH WALSH
THE CHOATE SCHOOL

NEW YORK
W · W · NORTON & COMPANY · INC ·

PRINTED IN THE UNITED STATES OF AMERICA
FOR THE PUBLISHERS BY THE VAIL-BALLOU PRESS

Contents

PREFACE   7

INTRODUCTION   11

LAS LANZAS COLORADAS   19

NOTES   163

CUESTIONARIO   171

VOCABULARY   175

Preface

THE FIELD of the historical novel has been somewhat neglected by contemporary Spanish-American writers, despite the wealth of material offered by the Spanish conquest and exploration and by the Wars of Independence. But in 1931, Arturo Uslar Pietri, already, at the age of twenty-five, a leader in Venezuelan literary and diplomatic circles, wrote a brilliant first novel, *Las lanzas coloradas*, which was quickly recognized, both by the critics and by the reading public of the continent, not only as a landmark in the historical novel, but as one of the great novels of Spanish America.

Las lanzas coloradas is a story of the first Venezuelan War of Independence. The two great figures of the war, Miranda and Bolívar, do not appear as characters in the story, but as symbols, briefly glimpsed, yet always present in the thoughts of the obscure people—timorous or headstrong, landowners or slaves, royalists or republicans— who are the real heroes of the book. It is a dramatic story, filled with suspense and action, yet overlaid with the tragedies of misunderstanding and of uncertain progress toward freedom and unity.

The novel is beautifully written, and with a simplicity and directness of style which make it admirably suited for student reading in third-year high-school classes or in college courses in Spanish-American history and literature. The present edition is based upon the second edition, published in Santiago de Chile in 1940. The text has been shortened by about one-third, largely by deletions and omissions in the early chapters, which deal with the family history and the childhood of Fernando Fonta.

There are 2,700 words in the vocabulary which cover the approximately 39,500 running words of the novel. A sampling of every fifth page of the vocabulary for range of difficulty gave the following distribution as checked against Buchanan's *A Graded Spanish Word Book:* within the range of the first thousand words in the Buchanan list are 845 words, or 31.3 per cent of the vocabulary; in the second thousand are 535, or 19.8 per cent; in the third thousand are 330, or 12.2 per cent; in the fourth thousand are 220, or 8.2 per cent; in the fifth thousand are 210, or 7.8 per cent; in the sixth thousand are 120, or 4.4 per cent; in the last seven hundred words are 40, or 1.5 per cent of the vocabulary. Only 400, or 14.8 per cent of the words in the vocabulary, are not in the Buchanan list.

The 381 idioms in the vocabulary were checked against Keniston's *Spanish Idiom List,* with the following results: the vocabulary contains 24 of the 30 idioms in the Keniston list with a range of over 50; 31 of the 39 idioms with range 49–40; 36 of the 47 idioms with range 39–30; 56 of the 109 idioms with range 29–20; 96 of the 269 idioms with range 19–10; 94 of the 783 idioms with range 9–3. There are in the vocabulary only 44 idioms not in the Keniston list.

Many of the 400 words and 44 idioms not included in the Buchanan and Keniston lists are colloquial forms and Americanisms, which did not come within the scope of these lists.

The editor wishes to express here his gratitude and indebtedness to all those who have aided him in the preparation of this edition of *Las lanzas coloradas:* to Arturo Uslar Pietri, for his generous permission to edit the novel for student use; to the Venezuelan Embassy in Washington, to Sr. Alfredo Behrens, of Caracas, to Mr. Dudley Fitts, of Phillips Academy, Andover, and to Mr. Francis St. John, of Choate, for their unfailingly helpful and expert advice; lastly, to Professor E. H. Hespelt, of New York University, whose scholarship and exactness were of constant and invaluable assistance to the editor, and who read with him the whole manuscript and the proofs.

In spite of all the assistance that the editor has received and the care that he has taken, classroom use will probably reveal errors of accuracy and judgment, for which the editor alone is responsible, and for news of which he will be most grateful.

D. D. W.

The Choate School
Wallingford, Connecticut

Introduction

THE STORY of *Las lanzas coloradas* is centered about the Venezuelan Revolution of 1810, the brave beginning of which was quickly followed by military defeats, divided loyalties, and a disastrous earthquake in which Heaven itself seemed to oppose the cause of Venezuelan liberty. In 1812, and again in 1814, republican strength seemed broken beyond hope of repair. The sweeping victories of Bolívar, which were to free South America from Spanish rule, were in the distant and cloudy future.

Our story opens in 1806, with the failure of Miranda's first liberating invasion. Francisco Miranda, the most justly famous of all the Spanish-American precursors of independence, had fought under Washington, and had earned the rank of general in the French Republican Army. For years, he had traveled throughout Europe, seeking support for his plan to free the Spanish colonies. With the aid of British and North American funds, he finally organized an expedition of two hundred men, which sailed from New York in February, 1806. Miranda seized the town of Coro, in Venezuela, hoping to rouse the country; but the people were indifferent, if not actively hostile, and the government of Caracas set a price of thirty thousand pesos on his head. Hopes for a second expedition were crushed when a British force, destined for the colonies, was sent instead to Spain, on the outbreak of revolt there against the invading army of Napoleon Bonaparte.

11

The enforced abdication of Charles IV of Spain and of his son Ferdinand VII, and the assumption of Joseph Bonaparte to the Spanish throne, gave an indirect impetus to the movement for independence. The colonies were forced either to submit to government by the French or to choose their own local committees of government, to carry on in the name of the Spanish royal power, temporarily in abeyance. The Venezuelan republicans saw in the crisis an opportunity to work for complete independence.

On April 19, 1810, the Captain General of Venezuela, Vicente Emparan, was forced to abdicate by a committee which became the first locally chosen government in Spanish America. To seek aid and recognition from the British government, three commissioners were sent to England, one of whom was Simón Bolívar, a wealthy young creole who, in 1805, had pledged his life to the cause of Venezuelan independence. The most important result of the voyage to England was the meeting of Bolívar and Miranda. Bolívar persuaded Miranda to return to Venezuela with him, and their combined efforts brought about the declaration of Venezuelan independence on July 5, 1811. Bolívar had been appointed Colonel of Infantry by the Caracas committee, and Miranda was placed in command of the republican armies.

But Venezuela was by no means united in desire for independence. Most of the people were indifferent to the struggle, and there were powerful conservative forces that opposed the new government. Miranda's army lacked experienced troops and officers, and he himself, despite his years of warfare, had more genius as a political thinker and orator than as a military strategist. A Spanish naval officer, Domingo de Monteverde, who landed at Coro with troops from Puerto Rico, had little difficulty in advancing against Miranda's army, weakened as it was by irresolute leadership and by the defection of officers and soldiers. A disastrous blow came on March 26, 1812, when an earthquake laid waste all the centers of republican strength, but spared the cities held by the royalists. God himself seemed to be against the revolutionary cause. Miranda capitulated three months later at San Mateo and fled with his officers to La Guayra, where he met Bolívar, who had narrowly escaped death when Spanish prisoners in the fort under his command at Puerto Cabello had revolted and seized the fort. Miranda had made plans to leave Venezuela on an English ship, but a group of his officers, including Bolívar, being convinced that he had surrendered to Monteverde only to save himself, prevented his sailing and turned him over to the Spanish authorities. He died in a Spanish dungeon in 1816.

Through the influence of friends, Bolívar escaped imprisonment, and was allowed to leave Venezuela. He went to the neighboring colony of New Granada (now Colombia) which, like Venezuela, had revolted against Spain in 1810, and was now torn by fighting against the Spaniards and by factional strife among the republicans.

Arriving in Cartagena, a republican stronghold, in December, 1812, Bolívar soon won the support of the revolutionary government. He led Colombian troops to victory over the Spaniards in the battles of Cúcuta and Pamplona, and the government authorized him to attempt the liberation of Venezuela, then totally under the power of Monteverde and his lieutenants, who treated the republicans as traitors to be exterminated without mercy. Bolívar invaded Venezuela with an army of eight hundred men. Opposing him were fifteen thousand royalists, scattered throughout the country. At Trujillo, on June 15, 1813, Bolívar proclaimed "war to the death to the Spaniards," an act which he justified as a military necessity and as a reprisal against the cruelties with which the royalists treated all Venezuelans, combatant and non-combatant alike.

On August 6, 1813, Bolívar entered Caracas in triumph, after a brilliant campaign. In three months he had marched seven hundred and fifty miles, fought six battles, and destroyed five royalist forces. In October, at the age of thirty, he was proclaimed Liberator of Venezuela.

But again the tide was to turn. This time the opposition came not from the Spanish or from the wealthy creoles, but from an army of wild plainsmen led by an obscure adventurer named José Tomás Rodríguez Boves, who was to make his name a symbol for wanton cruelty. Boves had come from Spain to settle in the Province of Guárico, in the center of the Llanos, the great central plains that stretch from the coastal mountains to the Orinoco. These plains, a matchless grazing ground for horses and cattle, were the home of the half-savage *llaneros*—men of mixed white, negro, and Indian blood, with tremendous physical endurance, accustomed to a life of bitter privations and ceaseless movement. Their superb horsemanship and their skillful use of the lasso, the machete and the lance made them formidable and fearless fighters, admirably conditioned for warfare on the plains.

Before the Revolution, Boves had made a small fortune by piracy and by smuggling goods from the coast to the Llanos. He was known as a sympathizer with the French, a shrewd and unscrupulous trader, with a gift for leadership. When the Revolution began in 1810, Boves, having been in Venezuela long enough to feel himself more Venezuelan than Spanish, accepted the change in government with indifference. But his acceptance did not save him from imprisonment by the republicans, who suspected his loyalty and felt that he was potentially too dangerous a character to be left at large.

When he was freed from jail by the royalists, Boves justified republican suspicions of him by devoting the rest of his life to a war of revenge so ruthless that he was repudiated by the royalist power in whose name he was fighting. As instruments for his revenge he had the *llaneros,* who knew him and liked him, and who had no enthusiasm for the white man's justice and liberty. They had the very Spanish feeling that the best government was the one that interfered least in their lives, and the royal authority had been more lax than that of the Republic, which had not only demanded contributions and issued orders, but had printed paper money which had soon proved to be worthless. Above all, the *llaneros* had a traditional and mystic devotion to the distant king.

In Boves, the *llaneros* saw a great leader. In a devastating horde, they followed his blood-tipped lance, seeing in him the qualities they respected in themselves: bravery, shrewdness, resoluteness, and a limitless capacity for hatred.

Bolívar fought desperately against the Spanish army and against Boves. The cruelty with which the latter attacked and slaughtered the inhabitants of defenseless villages moved Bolívar to the most extreme expression of his "war to the death" when, on February 8, 1814, he ordered the execution of eight hundred and sixty-six Spanish prisoners at La Guayra. In December, 1813, he had wiped out a royalist force in the battle of Araure, and on February 12, 1814, a relative of his, General José Felix

Ribas, won his greatest victory and one of the most brilliant battles of the War of Independence when he withstood an attack in overwhelming force by Boves on the town of La Victoria. In March, 1814, Bolívar defeated Boves at San Mateo, and in May he won a decisive victory over the Spaniards at Carabobo. But on June 15, Boves got his revenge for the defeats of La Victoria and San Mateo in the battle of La Puerta, where he smashed the army of Bolívar, who fled with the remnants of his forces to Caracas, hotly pursued by the avenging army of *llaneros*. It was not possible to defend the capital against Boves, and the inhabitants streamed eastward while Bolívar attempted a rear-guard stand, only to be smashed again by the *llaneros,* who massacred thousands of defenseless refugees.

Bolívar, defeated and disgraced, had to flee once again, driven from Venezuelan soil by the opposition of the very people whom he had sought to free—the *llaneros,* who were later, under the leadership of José Antonio Páez, to play such a glorious part in the final liberation of Venezuela.

Beyond the scope of *Las lanzas coloradas* are the later triumphs of Bolívar: the liberation of Venezuela, Colombia and Ecuador, the formation of Great Colombia, and the final victory at Ayacucho in Peru on December 9, 1824, by which the Liberator redeemed the vow he had made nearly twenty years before, and brought to an end the power of Spain in South America.

*   *   *

Arturo Uslar Pietri was born in Caracas on May 16, 1906. He was educated at the Colegio Federal de Maracay, the Liceo San José de los Teques, and the University of Venezuela, where he received, in 1929, the degree of Doc-

tor of Political Science. He entered the Venezuelan diplomatic service in the same year, and went to Paris as attaché
to the Venezuelan Legation to France. From 1930 to 1933
he was Secretary to the Venezuelan Delegation to the
League of Nations, and also served as Venezuelan Delegate
to international conferences on labor and unemployment.

Returning to Venezuela in 1935, he has continued and
broadened his public service. In 1935 he became chief of
the Bureau of Economics in the Ministry of Finance; in
1937, Professor of Political Economy in the University of
Venezuela; in 1938, Director of Political Economy in the
Ministry of Foreign Affairs; in 1939, Minister of National
Education; in 1941, Minister of Finance.

Uslar Pietri has won honors and distinctions in the field
of literature as well. In 1928, he was one of the founders
of *Válvula* and *El Ingenioso Hidalgo,* two literary reviews
that helped shape a new generation of Venezuelan writers.
In the same year, he published *Barrabás y otros relatos,*
a collection of short stories that revealed a remarkable
style and narrative talent. The appearance, in 1931, of
Las lanzas coloradas established him as one of the most
gifted Spanish-American writers of the younger generation, with a European reputation enhanced by transla-
tions of his novel into French and German, and of his
short stories into several languages. A second collection of
short stories, *Red,* published in 1936, showed Uslar Pietri
once again as a notable prose stylist and a writer with
breadth of vision and a creative and vital literary power.
His election in 1937 to the presidency of the Asociación de
Escritores Venezolanos was a just recognition of his leadership in the cultural life of Venezuela.

Barrabás y otros relatos, Caracas, 1928.

El principio de no-imposición de la nacionalidad y la nacionalidad de origen, Caracas, 1929.

Las lanzas coloradas, Madrid, 1931; French translation, Paris, 1933; German translation, Berlin, 1933; second Spanish edition, Santiago de Chile, 1940.

Red, Caracas, 1936.

Esquema de la historia monetaria venezolana, Caracas, 1936.

Venezuela necesita inmigración, Caracas, 1938.

Joint editor, with Julián Padrón, of Antología del cuento venezolano, Caracas, 1940, and Antología de la poesía venezolana, Caracas, 1941.

"Destaqué al sargento Ramón Valero con ocho solda-
dos ... conminando a todos ellos con la pena de ser
pasados por las armas si no volvían a la formación con
las lanzas teñidas en sangre enemiga.... Volvían cubier-
tos de gloria y mostrando orgullosos° las lanzas teñidas   5
en la sangre de los enemigos de la patria."

PÁEZ°

<< 1 >>

—¡NOCHE OSCURA! Venía chorreando el agua, chorreando, chorreando, como si ordeñaran el cielo. El frío
puyaba la carne, y a cada rato se prendía un relámpago 10
amarillo, como el pecho de un Cristofué. ¡Y tambor y
tambor y el agua que chorreaba! El mentado Matías era
un indio grande, mal encarado, godo°, que andaba alzado
por los lados del Pao, con veinte indios suyos. Tenía pacto
con el Diablo, y por ese pacto nadie se la° podía ganar. 15
Mandinga le sujetaba la lanza. ¡Pacto con Mandinga!
    La voz se hizo cavernosa y lenta, rebasó el corro de ocho
negros en cuclillas que la oían y voló, llena de pavoroso
poder, por el aire azul, bajo los árboles bañados de viento,
sobre toda la colina. ¡Mandinga! La voz rodeó el edificio 20
ancho del repartimiento° de esclavos, estremeció a las
mujeres que lavaban ropa en la acequia, llegó en jirones
a la casa de los amos, y dentro del pequeño edificio del
mayordomo alcanzó a un hombre moreno y recio tendido
en una hamaca. Lo molestaba la voz como una mosca 25
persistente. Bronceado, atlético, se alzó y llegó a la puerta
de la habitación; el sol le labró la figura poderosa y el
gesto resuelto.

19

Vió el corro en cuclillas, allá, junto a la pared, los torsos negros desnudos y oyó la voz aguda.

—Agua y relámpagos. Iba la tropa apretada con el frío y el miedo y Matías adelante. Cuando ven venir un puño 5 de gentes ¡ah, malhaya! Era poca la gente y venía con ellos un hombre chiquito y flaco, con patillas y unos ojos duros.

—¡Espíritu Santo°!—interrumpió uno— ¿y cómo con tanta oscuridad pudieron ver tanto?

10 —¡Guá! ¿Y los relámpagos?

—¡Uhm! ¿Tú estabas ahí?

—Yo no. Pero me lo contó uno que lo vió. Y además, yo no le estoy cobrando a nadie por echar el cuento. ¡Bueno, pues! Cuando Matías ve la gente pela por la lanza 15 y se abre con el potro. Los otros se paran viendo lo que pasaba. ¡Y ahora es lo° bueno! Y va Matías y le pega un grito al hombre chiquito: "Epa, amigo. ¿Usted quién es?" Y el chiquito le dice como sin querer: "¿Yo? Bolívar." Persignársele al Diablo no fuera° nada; echarle agua a la 20 candela no fuera nada; pero decirle a Matías: "¡Yo soy Bolívar!" Paró ese rabo y se fué como cotejo en mogote, ido de bola, con todo y pacto con Mandinga.

Los negros comenzaban a celebrar con risas el cuento, cuando la sombra de un cuerpo se proyectó en medio del 25 círculo. Rápidamente volvieron el rostro. El mayordomo, en una actitud amenazante, estaba de pie delante de ellos. Su figura señoreaba los ocho esclavos acobardados.

—Presentación° Campos—dijo uno en voz baja.

—Buen día°, señor—insinuó Espíritu Santo, el narrador.

30 —Buen día—musitaron otras voces.

El hombre dió un paso más, y ya, sin poderse contener, los esclavos se dispersaron a la carrera, hacia las casas o por entre los árboles, dejando en el aire su olor penetrante.

Sin inmutarse por la fuga, Presentación Campos gritó:

—¡Espíritu Santo!

Al eco, tímidamente, la cabeza lanosa y los ojos llenos de alaridos blancos asomaron por la puerta del repartimiento; luego, toda la anatomía flaca y semidesnuda del esclavo.

—Venga acá, Espíritu Santo.

Casi arrastrándose, llegó hasta el mayordomo.

—Buen día, señor.

—¿Por qué no fuiste a decirme que habías regresado?

—Sí, señor. Si° iba a ir. Ahorita° mismo iba a ir.

—Ibas a ir y tenías° una hora echando cuentos.

No intentó justificarse; pero como un perro se alargó sobre el suelo sumisamente.

—¿Trajiste al hombre?

—Sí, señor, lo traje. Es un musiú catire. Ahora está con los amos. Es muy simpático. Se llama el capitán David. Traía una pistola muy bonita y me habló bastante.

—Yo no estoy preguntando nada de eso. ¡Vete!

El esclavo huyó de nuevo.

Presentación Campos comenzó a marchar a paso lento. Su carne sólida se desplazaba con gracia. La pisada firme, la mirada alta, el cabello crespo en marejada. Iba fuera de la raya de sombra de la pared del repartimiento de los esclavos, por cuya ancha puerta salía la tiniebla acumulada a deshacerse en el aire. Dentro, en la sombra, ardían los ojos de los negros. Sin detenerse, metió una mirada rápida, una mirada fría y despiadada. Allí dormían los esclavos; olía a ellos, al sudor de su carne floja y repugnante. Carne negra, magra, con sangre verde y nervios de miedo. Hizo una mueca y siguió marchando.

Iba por en medio de los árboles en toda la parte alta de la colina; a lo lejos, su mirada podía navegar el verde

vivo de los tablones de caña, y más allá, los cerros rojos,
y más allá, los cerros violeta. Al pie de la colina, la torre y
los altos muros de ladrillo del trapiche y el hormiguear de
los esclavos.

5 En la acequia, unas esclavas lavaban, cantando a una
sola voz con las bocas° blancas.

—Buen día, don Presentación.

El amo había prohibido que se le diera al mayordomo
ese tratamiento°; pero ante el imperio de sus ojos y la
10 fuerza de sus gestos, las pobres gentes no acertaban a decir
otra cosa.

En la carne prieta, los dientes y los ojos blanqueaban
acariciadores, húmedos de zalamera melosidad.

—Buen día, señor.

15 En su caminar majestuoso, apenas si respondía a aquella especie de rito de los débiles a su fuerza.

Junto a un árbol, un viejo con la pierna desnuda,
cubierta de llagas rosa:

—Buen día, don Presentación.

20 Una moza mestiza con un cántaro de agua sobre la
cabeza:

—Buen día, don Presentación.

Ante la debilidad de los demás sentía crecer su propia
fuerza. Los fuertes brazos, las anchas espaldas, los recios
25 músculos, le daban derecho a la obediencia de los hombres.
Respiraba profundas bocanadas de aire tibio.

Un mulato, de su mismo color, venía por la vereda cargado de un grueso haz de leña. Al verlo se dobló aún más.

—¡Buen día, señor!

30 Por entre los troncos se aproximaba la casa de los
amos. Entre los chaguaramos altos, las paredes blancas
de los amos. Don Fernando y doña Inés. Don Fernando,

que era pusilánime, perezoso e irresoluto, y doña Inés, que
vivía como en otro mundo. Los amos. El era Presentación
Campos, y donde estaba no podía mandar nadie más. Don
Fernando y doña Inés podían ser los dueños de la hacienda,
pero quien mandaba era él. No sabía obedecer. Tenía 5
carne de amo.

La tarde hacía transparente el azul de la atmósfera.
Grupos de esclavos regresaban del trabajo. Torsos flacos,
desnudos. Alguno traía machete, alguno un arco de cobre
en una oreja. Hablaban con fuerte voz descompasada.   10

—La caña de "El Altar"° se está poniendo muy bonita.
Todos los tablones son buenos.

—Está buena la hacienda.

—Está buena y va a producir plata, si la guerra no se
atraviesa.   15

Venía Presentación Campos, y el grupo se hendió haciendo vía. Todas las bocas sombrías, unánimemente:

—Buen día, don Presentación.

Y el otro grupo que venía detrás lo hizo en la misma
forma. El mayordomo desfilaba como una proa.   20

En la palidez de la tarde se destilaba la sombra. Una
luz se abrió en una ventana.

Por el camino venían voces.

—Yo no digo eso. Yo lo que digo es que hay guerra.
Hay guerra y dura, y va a matar mucha gente.   25

—Bueno ¿y qué vamos a hacer? Si hay guerra, hay
guerra. Si no hay guerra, no hay guerra. ¿Qué vamos a
hacer?

Alguien advirtió el mayordomo que se acercaba.

—¡Presentación Campos!   30

—Buen día, señor—salmodiaron todas las voces.

Ahora pasaba frente a la casa de los amos. La ancha

escalera que daba acceso al corredor alto, algunas luces encendidas en el piso superior y el ruido del viento en la arboleda que la rodeaba.

Pasaba por delante de la casa de los amos y se detuvo. 5 Aquella casa, aquellas gentes ejercían sobre él como una fascinación.

Venía un esclavo.

—Natividad°—llamó el mayordomo.

El esclavo se aproximó con presteza.

10 —¿Señor?

—Quédate aquí un rato.

Las dos figuras quedaron silenciosas ante la masa blanca del edificio.

—Natividad ¿te gustaría ser amo?

15 El esclavo no acertaba a responder.

—¿Te gustaría? ¡Dímelo!

—Pues, tal vez, sí, señor.

Presentación Campos guardó silencio un instante, y luego, iluminándosele el rostro con una sonrisa brusca:

20 —¿Tal vez? ¡Amo es amo y esclavo es esclavo!

Natividad asintió tímidamente:

—Por eso es que es buena la guerra. De la guerra salen los verdaderos amos.

Una media luna frágil maduró en el lomo de un cerro. 25 Presentación Campos regresaba seguido del esclavo. Su voz se hilaba entre la sombra de la tarde.

—La guerra...

—La guerra... —dijo dentro de la casa un mozo grueso a una muchacha pálida que dejaba correr la mano sobre 30 el teclado de un clave—la guerra, Inés, es algo terrible de que tú no puedes todavía darte cuenta.

En el salón decorado de rojo y dorado sonó la voz fresca de la mujer:

—¿Qué nos importa a nosotros la guerra, Fernando, si vivimos felices y tranquilos en "El Altar"? ¿Qué puede hacernos a nosotros la guerra?

Fernando era un poco grueso, con el cabello y los ojos oscuros y el gesto displicente. Su hermana Inés era una joven pálida, vestida de negro, con los ojos iluminados y las manos sutiles.

—A la guerra no se va por gusto, Inés, sino fatalmente. Habrá que ir. A hablar de eso ha venido el capitán inglés.

Ella quedó en silencio, sin responder. Lentamente fué° haciendo surgir del clave unas notas pueriles, una música delgada y trémula.

—¿Y por qué existe la guerra?—interrumpió ella de pronto, viéndolo con fijeza.—Sí ¿por qué existe? Si todo el mundo puede vivir tranquilo en su casa. ¿Por qué se van a matar los hombres? Yo no lo comprendo.

—El mundo no ha sido hecho, Inés, para lo mejor. Por eso, justamente, es difícil explicarlo. La guerra está en él, y nadie la ha traído, ni nadie podrá quitarla.

Volvían de nuevo a correr las manos sobre el teclado.

Por la escalera que del piso alto desembocaba, junto a la puerta del patio, apareció una silueta. Un hombre rubio y esbelto, con patillas y bigote fino; los ojos azules como el cielo.

En viéndolo°, Fernando se puso de pie y fué a su encuentro. Le tomó las manos con efusión y lo trajo hasta junto al clave.

—Inés, el capitán David.

Inclinó ella la cabeza y él hizo una muy cortesana reverencia.

Luego sentáronse° en los sillones muelles, y Fernando comenzó a hablar:

—Capitán ¿cómo dejó usted a Bernardo?

—Muy bien. El cree que todo saldrá de la mejor manera y que pronto tendremos ocasión de enrolarnos.

—Supongo—intervino Inés—que usted estará fatigado del viaje; de modo que inmediatamente después de la comida se acabará la velada y podrá usted dormir.

—Se lo agradezco mucho, pero no estoy fatigado. Tengo la costumbre de viajar y de hacer largas marchas.

Con infantil curiosidad dijo de nuevo:

—Fernando me ha dicho que usted ha viajado mucho. Cuénteme algo de sus viajes ¿quiere?

—¿Le gustan los viajes?

—¡Mucho! Debe ser lindo estar cada día en un lugar nuevo.

—Sí ¡a veces!

—Y viajar por el mar.

—¡Ah! el mar sí° es verdaderamente bello.

—Yo no lo conozco, capitán; pero me lo imagino.

—Se lo imagina. ¿Cómo?

—Muy fácil. Si toda la tierra y todos los cerros se fundieran; si crecieran todos los ríos; si las gentes, las casas, los animales, los árboles, las hojas, se volvieran agua. Así debe ser el mar.

—Así es—afirmó el inglés haciendo una mueca simpática.

—Sí; pero cuénteme sus viajes.

—¡Ah! Ya creía que se le había olvidado. Bueno. ¿Quiere que le hable de Inglaterra ... de España... ?

—¡De España!

—¡Ah! España. Tierra amarilla con buenas ventas, donde paran los soldados a tomar vino. Por las sierras andan bandoleros montados. La conocí bastante cuando° la guerra...

La última palabra creció ante ella como un monstruo

y la volvió a llenar de inquietud. Corría por el aire la frialdad de las lanzas.

—¡No! No hable de la guerra.

—Entonces ¿de qué quiere que hable?—dijo Fernando.

—De todo, menos de eso.

El capitán sonreía.

—Bueno. Estando una vez en Venecia. Agua verde y palacios rojos...

De pronto, desde afuera, desde lejos, atravesando el ancho corredor que daba vuelta al edificio, llegaron a ellos, revueltamente, gritos de hombres y latir de perros enfurecidos. La noche se erizó de voces. Brusco mundo de ruido en la sombra.

—¡Eeepaaa!

—¡Eeepaaa!

—¡Cogió por la falda!

—¡Atájenlo!

—¡Eeepaaa!

El vocerío se alejaba rápidamente, como si descendiera por el otro lado de la colina.

Estaban callados. Hervía la luz de las bujías.

—¿Qué pasa?—preguntó el capitán.

Al cabo de un rato Fernando respondió:

—Algún esclavo que se ha ido.

Se iba el ruido alcanzando el confín nocturno, apagándose como una luz lejana, invadiendo la tierra dormida en la distancia.

Continuaban callados.

En la noche, llena de presagios, se sentía nacer el silencio.

« 2 »

DON FERNANDO FONTA había nacido, en 1790, de
una casta de propietarios ricos en esclavos, en tierras y
en ocio. Fernando fué un niño débil, enfermizo, sensible.
Sólo con su hermana Inés, tan frágil como él, pasó sus
5 primeros tiempos en "El Altar." Una infancia profundamente grabada en su recuerdo.

Su padre, don Santiago, fué un hombre sin ternura,
violento, aislado. La madre se pasaba todo el día en el
oratorio, rezando con un piadoso fervor.

10 Con Inés, acompañados de un esclavo, Fernando hacía
paseos por la hacienda y se iba° penetrando religiosamente
de la naturaleza magnífica. El carácter se le forjó taciturno.
Sólo tenía contacto con la hermana. Los padres vivían
metidos en sus propias vidas y los veían con cierta in-
15 diferencia; los demás eran esclavos y los trataban con un
respeto excesivo. No se les decía nunca "tú" con confianza
o cariño; solamente el "usted"° de los padres o el "mi
amo" de los siervos.

El repartimiento de los esclavos quedaba vecino de la
20 casa. Cuando el niño salía de paseo se detenía largo tiempo
a contemplarlo. Cavado en el suelo, como un sótano, con
algunas pequeñas ventanas altas, cuadradas y con reja, por
donde entraba escasamente el sol. Allí dormían, hacinados
sobre la tierra desnuda, los hombres. A los que se casaban
25 se les permitía construir un pequeño rancho aparte, en las
inmediaciones. Las mujeres eran encerradas bajo llave
por la noche. Todos estaban semidesnudos, sucios, llenos
de impulsos primitivos, como los animales. Se les casti-

28

gaba apaleándolos o suprimiéndoles el escaso alimento.

En ocasiones, aprovechando la ausencia de vigilantes o capataces, venían a rodear al niño con súplicas y lamentaciones. Quedaba pálido en medio del círculo apretado de cabezas negras, oyendo las más extrañas peticiones: "¡Ay, mi niño, don Fernando, corazón de pajarito, consígame un permiso para ir al pueblo!" "Mi amito, don Fernando, tan lindo, haga que me dejen sin trabajar hoy, que estoy enfermo." "Don Fernando, cubierto de oro, Dios le guarde el Infierno a todos sus enemigos."

Venía el capataz; los dispersaba a palos. Quedaba el niño lleno de la resonancia del choque de aquellos espíritus opuestos y desnudos.

La muerte repentina de su madre aumentó la tristeza y aislamiento de los niños. Vestidos siempre de negro, juntos salían de paseo, juntos rezaban, juntos pedían la bendición al padre silencioso por la noche. La presencia de aquel mundo extraño y negro les obligó a aproximarse más.

Hasta los dieciséis años había continuado Fernando en "El Altar." En una carne adolescente, un espíritu indeciso y tímido. Para tomar cualquier resolución nimia sentía como centenares de voces que desde opuestos rumbos lo llamaban y atraían. Nunca pudo obrar derechamente de acuerdo con un pensamiento único.

A los dieciséis años cumplidos, don Santiago lo envió a la capital para que estudiase según sus inclinaciones. Fernando fué a vivir en casa de don Bernardo Lazola, un viejo amigo de su padre. Se hizo amigo e inseparable compañero del hijo de don Bernardo, llamado igualmente Bernardo, que era estudiante de Filosofía. Estudiaban juntos, entablaban discusiones encarnizadas sobre los temas de estudio, juntos salían. Bernardo era impetuoso y exal-

tado. Le servía de guía en el conocimiento de la población y de las gentes. Lo llevaba de paseo por los alrededores, le presentaba los compañeros de la Universidad; juntos asistían a las clases. Iban en veces con don Bernardo
5 a la comedia, o seguían con gran gozo a las muchachas por las calles angostas, entre la muchedumbre de los fieles, tras alguna procesión°, en el atardecer, con muchas velas bajo el denso crepúsculo.

Un día, a son de tambor y pregón, se congregó la po-
10 blación en la Plaza Mayor. Sobre un estrado se leyó una orden del capitán general Guevara y Vasconcelos ofreciendo treinta mil pesos a quien presentara la cabeza del traidor Miranda, enemigo de Dios y del Rey.

Fernando estaba entre la muchedumbre. Rodeaban el
15 estrado algunos milicianos armados que de vez en cuando hacían retroceder a culatazos el gentío demasiado apretado. Las gentes vociferaban, se hablaban a gritos, algunas mujeres se persignaban.

Al lado de Fonta, un hombre grueso mascaba una ce-
20 bolla con pan. Con él se informó:

—Pues, hombre ¿no sabe usted que este condenado Miranda ha hecho armas contra el rey? ¡Contra el rey!

Y el hombre que comía la cebolla se quitó el sombrero en señal de respeto al real nombre.

25 —Es un pardo infame. Viene a robar y a matar. Ya lo castigarán las armas de Su Majestad y las pailas del Demonio.

Fernando no juzgó útil seguir interrogando a aquel vecino, cuyo alimento olía tan mal y cuyas explicaciones
30 eran confusas, pero continuó observando la espesa muchedumbre que se agitaba y gritaba:

—Sí. ¡Que lo maten! ¡Que traigan la cabeza!

Sobre el estrado había de nuevo agitación. Algo había

gritado el ejecutor de la justicia que el ruido de la gente
no permitía oír. En seguida desenrolló un largo papel que
traía bajo el brazo, y dándose vuelta lo mostró a toda la
multitud. Había sobre él, dibujado malamente, el perfil
de un hombre deforme: los ojos a la altura de las narices 5
demasiado chatas, la boca enorme, las cejas mínimas, la
cabellera desproporcionada. Algunos gritaban: "¡Qué feo!
¡Qué feo es! ¡Que lo quemen!" El ejecutor de la justicia
tomó de manos de un soldado una tea encendida y con
un movimiento ridículo y solemne prendió fuego al dibujo. 10
El papel ardió en una rápida llamarada. Los gritos de los
hombres excitados se levantaron de nuevo. La llama temblaba bajo la tempestad de alaridos. Algo nuevo dijo el
hombre sobre el estrado, que tampoco pudo oírse. Los
soldados repartían culatazos a las gentes enfurecidas que 15
querían alcanzar las pavesas.

En la ciudad no se hablaba de otra cosa que del simulacro de ejecución y del hombre que había sido su objeto.

La efervescencia excitaba la imaginación de Fernando.
Se figuraba la efigie monstruosa de aquel hombre que el 20
fuego había devorado; de aquel hombre maldito que se
había atrevido a ser enemigo de las cosas más sagradas.
Imaginaba que podía encontrárselo de un momento a
otro, y sentía miedo, porque su visión debía ser espantosa,
su presencia, dañina, su contacto, mortal.   25

Oyendo lo que se decía en los corrillos reunidos en las
esquinas, logró saber que Miranda era un criollo, que
tenía muchos años fuera del país y que había intentado
desembarcar con tropas para usurpar la autoridad del rey.

¿Quién era aquel hombre temible que había venido a 30
turbar la vida de todos? Le veía el rostro horrendo coro-
nado de llamas y las manos tintas en sangre de rey. ¿Quién
era aquel ser espantable que venía como un castigo?

« 3 »

—¿QUIERES SABER quién es Miranda?—le dijo un día Bernardo, inopinadamente.

Asintió con la cabeza, porque el temor inconsciente le retenía las palabras.

5 —¿Sí? Bueno. Al mediodía lo sabrás. Pero es un gran secreto. Cuidado con hablar a nadie.

Bajo la luz incandescente, Bernardo lo guiaba. El corazón le batía desbocadamente. Salieron de Caracas, atravesaron un poco de campo hasta las ruinas de un viejo 10 trapiche.

Un torreón a mitad derruído, algunas gruesas paredes de ladrillo, los restos de un depósito. Sobre un montón de bagazo estaba echado un mozo corpulento. Parecía dormir, pero tan pronto como penetraron dentro del recinto se 15 incorporó violentamente y gritó con voz recia:

—¿Dónde está el agua?

Fernando quedó asombrado imaginando que sería un loco, pero Bernardo respondió:

—Debajo del maguey.

20 De nuevo tornó a preguntar:

—¿Qué palabra te despierta?

—¡Libertad!

—Entra.

El mocetón, terminada su investigación, volvió a tum- 25 barse simulando el sueño, mientras ellos, dando vuelta tras un montón de vigas viejas, levantaban una tabla cubierta de bagazo y descendían por una maltrecha escalera a un sótano.

Un sótano espacioso e iluminado por algunos tragaluces altos que se abrían bajo una maleza. Una vieja mesa en medio, rodeándola hasta veinte jóvenes de pie y sentados en el suelo, en adobes, sobre antiguos utensilios de labranza.   5

Veinte rostros prematuramente graves lo observaban entre la tamizada luz de la cava. Gustaba un placer mezclado de desazón. El misterio y la aventura se habían abatido sobre él súbitamente. Historia de ladrón, de sociedad clandestina, de hombre que posee grandes secretos. Volvía 10 a la reconquista de un reino infantil. Lo miraba todo con un deslumbramiento de niño.

En las paredes, algunos papeles con dibujos. Uno representaba una mujer con una cadena rota entre las manos; debajo se leía: "Libertad"; en otro estaba dibujada 15 una bandera amarilla, azul y roja; más allá, un letrero anunciaba el perfil de Wáshington; otro a un Miranda tan hermoso como era feo el que quemaron en la Plaza Mayor.

La escena lo emocionaba.   20

Bernardo se dirigió a un joven sentado en un cajón ante la mesa.

—Ciudadano presidente, presento a usted nuestro nuevo hermano, el ciudadano Fernando Fonta.

Era la primera vez que oía decir *ciudadano* y le pareció 25 sencillo y hermoso.

El presidente se incorporó y, dirigiéndose a todos, proclamó con voz solemne:

—Ciudadanos ¿aceptan ustedes por nuestro hermano al nuevo hijo de la Libertad, ciudadano Fernando 30 Fonta?

La mayoría aceptó.

—¡Ciudadano, en nombre de la Patria y de la Libertad,

de ahora en más será usted nuestro hermano hasta la
muerte!

Fernando no halló qué responder. Sentía como si acabaran de bautizarlo, de ligarlo para siempre a algo que po-
5 día ser terrible. Silenciosamente se fué acercando a cada
uno y estrechándole la mano. Luego se sentó junto al
muro y se puso a la expectativa.

El presidente lo interrogaba:

—Ciudadano ¿está usted instruído en nuestros prin-
10 cipios?

Fernando movió la cabeza negando.

—¿Dónde nació usted?

—En "El Altar." Una hacienda de caña.

—¿Dónde queda "El Altar"?

15   —En Aragua.

—¿Dónde queda Aragua?

—En la provincia de Caracas, de la Capitanía General*
de Venezuela.

—¡No! No en la Capitanía General, sino simplemente
20 en Venezuela. Venezuela es su patria, y por ella está obligado a dar su sangre. Todos los hombres que han nacido
sobre este territorio son sus hermanos, y por el bienestar
de ellos está obligado a batallar; y todos los hombres que
han nacido fuera del territorio son extranjeros y no deben
25 tener ni mando ni intervención sobre esta tierra que es
nuestra.

Aquellas palabras lo arrancaban del círculo de sus pensamientos ordinarios. Sabía que la tierra de "El Altar" era
suya, pero nunca llegó a pensar que entre él y toda la ex-
30 tensión que el nombre de Venezuela abarca pudiera existir
un nexo, un nexo tan profundo como para obligarlo a dar
su vida.

Era un sentimiento un poco confuso, pero en cierto

modo agradable. Todos los hombres que en ese instante nacían sobre aquella tierra, que sólo conocía en escasa parte, estaban ligados a él y trabajaría gustoso° por ellos aun cuando no llegara a conocerlos nunca. Eso era la patria.   5

Volvía la voz del presidente:

—Ciudadano secretario, comience la lectura de los Derechos del Hombre.°

El llamado secretario extrajo de debajo de una piedra un pequeño cuaderno que era un ejemplar de la traduc- 10 ción de los Derechos del Hombre y del Ciudadano, impresa clandestinamente por Nariño°, en Bogotá.

Abrió y comenzó a leer con voz colegiala:

—Declaración de los Derechos del Hombre y del Ciudadano. Artículo primero. Los hombres nacen y permane- 15 cen libres e iguales en derechos. Las distinciones sociales no pueden fundarse sino sobre la utilidad pública.

—¿Quién quiere hacer el comentario?—interrumpió el presidente.

—Yo—reclamó alguien.   20

Era un mozo flaco, con la melena revuelta, cerrado de negro.

—La Naturaleza—comenzó sin vacilar—hace a sus hijos idénticos. Nacen dotados de iguales órganos, hechos de la misma substancia, construídos según el mismo arque- 25 tipo, arrastrados por los mismos instintos y movidos por parejos deseos. En la Naturaleza no hay desigualdad...

La mayoría atendía a la peroración. Algunos entablaban disputas independientes. Fernando oía la exposición, pero el seguirla le requería un esfuerzo extraordinario. 30 Aquel pensamiento se desarrollaba por vías que le eran desconocidas. Toda su cultura reposaba sobre el principio de la desigualdad. Toda la experiencia de su vida le

representaba la desigualdad. El rey, el capitán general,
su padre, los esclavos, los nobles, los plebeyos, los blancos,
los pardos, todas las figuras jerarquizadas que poblaban
su mundo negaban esa ideología.

5   — ... en el estado de Naturaleza reinaba la igualdad, es
decir, reinaban la felicidad, la justicia y el bienestar. Pero
desde que por maldición se constituyó la sociedad, fué en-
gendrada la desigualdad. El pacto social ha traído conse-
cuencias injustas, se ha salido de la Naturaleza y ha creado
10 esa cosa monstruosa que es la desigualdad. El contrato
social reclama una profunda reforma, esa reforma no
puede ser otra cosa que la igualdad.

La disertación fué acogida con nutrido vocerío.

—¡La sociedad es monstruosa!

15 —¡Viva la igualdad!

—¡Abajo los reyes!

—¡Viva el general Miranda!

El mismo nombre volvía a golpear sus oídos con nueva
inquietud. A su lado alguien hablaba.

20 —Miranda es el único que verdaderamente trabaja por
la patria.

La confusión comenzaba a lanzar su rápido giro abigarrado. Zozobraba. Ya sin control sobre sí mismo, preguntó:

25 —¿Es un traidor o no lo es?

—¡Traidor! Nunca. Miranda lucha sólo para que ten-
gamos una patria. ¿Usted ve esa bandera?—y señalaba con
el dedo el papel en que estaba dibujado un pabellón
amarillo, azul y rojo.—Esa es nuestra bandera.

30 Fernando se puso a contemplarla. Eran tres colores
simples. Tres colores representaban la patria que empezaba
a nacer. La patria que se le había revelado de pronto. Recordaba un poco los arcos iris que llenan el cielo. La veía

y comenzaba a sentirla con ternura. Casi hubiera querido adorarla como se adora una reliquia. En aquellos tres colores, mal pintados sobre un pedazo de papel, estaba la patria.

Poco a poco el bullicio decrecía, las discusiones se apa- 5 gaban y el silencio iba abriendo densas lagunas.

La voz del lector se cortó brusca, como chorro de agua. La fatiga rodaba en la atmósfera.

Al fin el presidente habló dando por terminada la sesión. La reunión comenzó a dispersarse seguidamente. Sa- 10 lían a intervalos, por pequeños grupos, para no llamar la atención de nadie.

Fernando se despidió de todos con efusivos apretones de mano y, a su turno, salió con Bernardo.

Como venían de la penumbra del sótano, la claridad 15 del campo abierto los deslumbró. El sol declinaba y se advertía una dorada pureza en el aire que incitaba a respirar profundamente.

Tan llenos de emociones y de pensamientos iban que ninguno acertaba a hablar al otro. Marcharon así hasta 20 las primeras edificaciones del poblado. Así siguieron silenciosos al través de toda la ciudad hasta la casa. Cuando llegaron comenzaba la sombra. Sobre las últimas hojas de la palmera del corral bandereaba un guiñapo de sol.

Esa noche, antes de dormirse, Fernando se arrodilló 25 y se puso a rezar.

La ciudad estaba igualmente silenciosa y dormida. La luna llenaba de ceniza el aire. Se oía el canto triste y repetido infinitamente de los grillos y de los sapos.

Fernando rezaba trémulamente: 30

—Padre nuestro, te ruego que hagas nacer la patria; que la hagas nacer fuerte y buena. Te ruego, Padre nuestro, por todos los hombres que la van a hacer, por todos esos hombres que están lejos, que no conozco, y que son para siempre mis hermanos. Padre nuestro que estás en los cielos...

En la rama de un árbol cantó un pájaro un canto° de
5 espejo nocturno.

Pensaba en la patria. Los Llanos, el Orinoco, los Andes, el mar. Toda aquella tierra vasta y viviente lo llamaba y estaba esperando de él.

« 4 »

FUÉ NECESARIO partir de la ciudad. Don Santiago había muerto y Fernando debía ir a encargarse de los trabajos de "El Altar."

Don Bernardo y su hijo le dijeron adiós con pesar. Los últimos días los había consagrado a despedirse de los compañeros de las reuniones del sótano. Se iba ardiendo en viva fe por las nuevas ideas y ofreciendo ayudar desde su hacienda en todo lo posible.

Al paso lento de su mula, salió de la ciudad, acompañado por el esclavo que había venido en su busca. Mientras se internaba por los espacios montañosos, llenos de vegetación salvaje, hablaba con el esclavo:

—¿Qué tal marcha la hacienda?

—¡Así, mi amo, bien!

—¿Cómo han arreglado los trabajos?

—Pues, han seguido lo mismo, mi amo. Don Santiago ha dejado todo en manos del mayordomo que hay ahora.

—¿Y trabaja bien?

—Así, mi amo.

—¿Quién es?

—Un mulato. Presentación Campos, sí, señor, ésa es su gracia.

—¿De dónde es?

—Yo no sé. Debe ser forastero. Llegó un día sin que lo conociera nadie y lo colocó don Santiago.

—Ajá. ¿Y mi hermana?

—Pues, la niña Inés está buena, mi amo. Dios la guarde.

Don Fernando Fonta llegó a lo alto de la colina donde se erigía la casa de "El Altar."

Aquello era el reino fabuloso de su infancia. Salieron a recibirlo todos los esclavos, las mujeres, el mayordomo. 5 Su hermana Inés lo esperaba en lo alto de la escalera. La encontraba mujer, con más dulzura y serenidad en el rostro. Los esclavos decían alabanzas e invocaban bendiciones; unos se le abrazaban a las piernas, otros le besaban las manos. Las mujeres pedían a Dios beneficios para él, y 10 algunos negritos que lo veían por primera vez se ocultaban temblorosos detrás de los mayores.

Fernando respondía a todos con frases bondadosas y acogedoras, rió de las hipérboles con que algunos lo festejaban, y ordenó que al día siguiente no se trabajase en ce-15 lebración de su regreso.

El único que había permanecido aparte, sin efusiones, duro, áspero, era el mayordomo. Fernando lo observó y no pudo menos que sentir curiosidad. Era un hombre atlético, alto, de hermosa presencia. El pelo crespo, la 20 piel de bronce, vestido con un sencillo traje de tela blanca que hacía resaltar más su reciedumbre.

Fernando se le aproximó.

—¿Es usted el mayordomo?

—Sí, señor; Presentación Campos, para servirle.

25   —Está bien; deseo que pueda continuar conmigo como lo estaba con mi padre.

Le estrechó la mano y subió la escalinata abrazado a Inés, que lloraba de alegría.

Así tornó Fernando Fonta a "El Altar."

30   Y tornó en buen tiempo, porque tal vez más tarde hubiera tenido que regresar de otro modo.

En Caracas pasaron muchas extraordinarias cosas.

El 19 de abril de 1810 se destituyó al capitán general

Emparan. El 5 de julio de 1811 se proclamó la independencia de la República de los Estados Unidos de Venezuela, y comenzó la guerra.

Miranda había regresado al país rodeado del prestigio de sus largos años de lucha desesperada.

Había sonado la hora para toda aquella juventud que soñaba con las grandes acciones.

Hasta "El Altar" llegaban las noticias de los acontecimientos, que Fernando seguía con furioso interés. Varias veces estuvo tentado de abandonar los cultivos y enrolarse al servicio de la República; pero las súplicas de Inés eran más poderosas sobre su carácter indeciso que la atracción de sus ideales.

Venían malos tiempos. La vida ordenada y fácil de la Colonia se había roto. Por la primera vez los criollos sentían el trágico gusto de la guerra.

Empezaba el exterminio.

Se deshacían los pueblos, emigraban las gentes, se dispersaban los hombres, morían los amigos.

En toda la extensión de Venezuela comenzaba el gran incendio de la guerra. Los hombres que nunca habían vertido sangre sentían la violencia de aquella primera y durable ebriedad. Un espíritu individual, indisciplinado y cruel se despertaba en las almas.

En medio de la guerra que comenzaba vino la tragedia de la Naturaleza. El Jueves° Santo, 26 de marzo de 1812, a las cuatro y siete minutos de la tarde, a lo largo del sistema de montañas que va desde la costa hasta los Andes, toda la tierra se sacudió y tembló profundamente. Fué como una ola del mar. Las ciudades quedaron desmoronadas, y los hombres, bajo las paredes que habían levantado. Largas grietas le abrieron boca al grito de la tierra.

Estaban las iglesias repletas de los fieles que iban a con-

memorar el suplicio de Jesús, inundadas del gran ruido de
la muchedumbre acumulada, y de pronto la conmoción
brusca, y un gran silencio de cementerio después. Hubo
quienes murieron en despoblado por el solo efecto de la
5 vibración de la atmósfera. Ciudades como La Guayra,
donde quedó en pie una sola casa. La superficie se limpió
de pueblos. Castillo de barajas arrasado de súbito. Los
soldados de la República murieron aplastados dentro de
los cuarteles.

10   Y ello pasó justamente el día aniversario del primer
acto de desobediencia contra el Gobierno español, y por
un curioso capricho las poblaciones realistas, casi todas
apartadas de la línea de las sierras, sufrieron poco daño,
en tanto que las republicanas, en su mayoría a la falda
15 de las montañas, fueron totalmente destruídas.

El terremoto deshizo los poblados y desequilibró los
espíritus. El pueblo, lleno de un monstruoso fanatismo,
supersticiosamente interpretó aquellas señales como la
prueba de que Dios desaprobaba y castigaba a los rebeldes
20 que se alzaban contra el rey de España.

Sobre los restos de ciudades que fueron hermosas y
agradables sólo había cadáveres que se descomponían al
sol, gente enloquecida que imploraba a Dios, ladrones y
pícaros que se favorecían del desorden, y un audaz oficial
25 español, don Domingo de Monteverde, que, aprovechando
la confusión y el estado desastroso en que quedaron las
tropas republicanas, pudo llegar en pocas jornadas, y con
un ejército cada vez más acrecido por los fanáticos, desde
Coro hasta Valencia.

30   Allí se detuvo.

Tenía enfrente al generalísimo Francisco de Miranda,
viejo, odiado, desobedecido, con una tropa que no conocía
y con la indecisión y la amargura en el alma.

Fueron duros días.

Fernando Fonta, desde "El Altar," seguía apasionadamente la suerte de la campaña. Consideraba la posibilidad de entrar en acción, pero la iba postergando indefinidamente. Le hubiera gustado que alguien lo obligara a ir 5 sin poderse negar.

Se informaba con los que podían saber noticias, preguntaba, oía opiniones. Un vago escozor le recorría la piel.

Empero, una vez fué llevado a pensar de manera con- 10 traria; sintió miedo, y llegó casi a convencerse de la pobreza de su energía.

Hablando, le dijo Presentación Campos:

—¿Por qué no se mete en la guerra? Arma los peones y se va para el plomo con Miranda.   15

Se sintió como acusado. Al borde de caer. Un gran desasosiego le aceleraba los pulsos. ¡No, la guerra no!

El movimiento había alcanzado a todas las almas y ya nadie podía estar indiferente. Se extinguían los amigos.

Bernardo Lazola, después de la capitulación de Miranda 20 y de la entrada de Monteverde en Caracas, como su nombre figurase en las listas de individuos sospechosos, se había ido a un pueblo que quedaba en las proximidades de "El Altar," desde donde mantenía una continua comunicación con Fernando.   25

La entrada de Monteverde agravó en mucho la situación. Comenzaron las persecuciones y las represalias. Los antiguos compañeros se denunciaban los unos a los otros; gentes sin escrúpulos levantaban largas listas de sospechosos que presentaban al jefe español, quien, para restablecer 30 la autoridad, castigaba duramente.

La mayoría de las personas abandonaban sus bienes, enterrando los valores y joyas en un escondrijo, y furtivamente se expatriaban o, con nombres supuestos, se perdían por los pueblos del interior.

El dolor tallaba la carne de los hombres que habían de transformar la tierra. Había sobrevenido una hora 5 maldita. Ya no era posible estar en paz. En el fondo de las almas se multiplicaban monstruosas florestas de pasiones. Se amaba o se odiaba ciegamente. Se amaba o se odiaba a los republicanos o a los godos, criollos y españoles que servían al rey. Parecía que después de la larga calma de 10 la Colonia fuera el momento de un carnaval de locura.

Fernando oía la relación de aquellos acontecimientos; su antiguo entusiasmo se levantaba de nuevo, su fervor surgía y, sin embargo, siempre un obstáculo extraño se interponía entre él y la acción. Deseaba y no podía ir a la 15 acción; pero esperaba, esperaba algo que él mismo no sabía lo que era, con una terrible impaciencia.

En "El Altar" continuaban las faenas agrícolas; pero, aun cuando los trabajos eran los mismos, se advertía que el tiempo había cambiado. En veces pasaban por la ha- 20 cienda partidas de hombres que iban a incorporarse a los ejércitos.

Hablando con ellos, Fernando se informaba de la situación.

Al principio casi todos eran patriotas; Caracas estaba 25 en poder de Monteverde, y los revolucionarios huían temiendo la revancha.

—Los godos están haciendo atrocidades.

Iban en busca de los focos rebeldes que quedaban hacia la Nueva Granada.

30 Tiempo después, algunos fugitivos le comunicaron:

—El general Simón Bolívar viene invadiendo. Salió de Cúcuta. Anda por los Andes.

Fernando había oído hablar de aquel Simón Bolívar.

Algunos de sus compañeros de la capital lo habían conocido. Había sido él quien perdió la plaza de Puerto Cabello, siendo coronel del ejército de Miranda. Ahora invadía.

—¿Y usted cree que llegue?   5

—¡Quién sabe!

Muchos de aquellos hombres que iban a incorporarse a
la guerra mostraban un ánimo feroz que desconcertaba a
Fernando.

—Hay que matar a todos los españoles. Mientras no se 10
acabe con todos ellos no se acabará la guerra.

—¿Y los presos?

—¡También! ¡A toditos°! Las mujeres y los muchachos
y los viejos.

—Eso es una crueldad.   15

—¡Qué crueldad, ni qué crueldad! Aquí no estamos jugando. O nosotros acabamos con los godos, o los godos aca-
ban con nosotros. Si el general Miranda hubiera tenido la
mano dura, la guerra se habría acabado hace tiempo.
Mientras que ahora...   20

Y el que hablaba esbozó un vago gesto de desesperación.

—¿Ahora qué?

—Ahora tiene que haber° mucho muerto.

Fernando seguía recibiendo noticias de los que pasa- 25
ban. La campaña de Bolívar venía triunfante. La populari-
dad de aquel nombre comenzaba a cundir en todas las
bocas. Bolívar estaba en La Victoria. Bolívar había entrado
en Caracas.

Ahora pasaban por "El Altar" las partidas de godos 30
fugitivos. No se oían sino historias de la crueldad del
ejército vencedor. Bolívar había firmado un decreto de
guerra a muerte. Guerra sin cuartel.

—Los insurgentes están matando a todo el mundo. El país se va a volver un cementerio.

—Al soldado que presente treinta cabezas de españoles° lo ascienden a oficial. ¡Es una cosa bárbara!

5   —En las poblaciones no queda un alma. Todo el mundo está huyendo.

Aquellas noticias acongojaban a Fernando. Le parecía que todo iba a perecer.

El 14 de octubre, en la iglesia de San Francisco, en Ca-
10 racas, Simón Bolívar había sido proclamado Libertador de Venezuela. Fernando no lo conocía, pero se lo imaginaba. Aquel hombre mozo y audaz había sido proclamado solemnemente libertador. El libertador. Un hondo estremecimiento le sacudía el cuerpo.

15   Continuaban pasando los grupos de godos. Cada quien con una historia más terrible.

En las bóvedas de La Guayra, en un solo día, ochocientos prisioneros habían sido pasados por las armas. Con arma blanca para no gastar pólvora. Todo el día duró la
20 degollina. La sangre corría continua por el desaguadero de la muralla hacia el mar verde.

« 5 »

—EN LA VIDA no hay sino° o estar arriba o estar abajo. Y el que está arriba es el vivo, y el que está abajo es el pendejo.

El capitán David sonrió ante tan ruda argumentación. Sentía simpatía por aquel hombre áspero, poco comuni- 5 cativo, en cuyos gestos y acciones había seguridad y fuerza.

—Entonces, Campos ¿qué piensa usted de esta guerra?

Presentación Campos no respondió inmediatamente. Hizo como si se entretuviera apaciguando el caballo, que briosamente se debatía, y al fin habló: 10

—Esta es una guerra que va llegando a punto. Ahora que hay ese muertero, ahora es que es guerra. ¡La guerra es para matar gente!

—¿Le gustaría a usted la guerra?

Respondió evasivamente: 15

—Eso depende...

Y dando una fuerte palmada en el anca de la bestia la hizo alzarse vertical, como un golpe de agua.

El oficial inglés contemplaba las vigorosas evoluciones con arrobamiento. 20

Ambos cabalgaban desde temprano por entre los sembrados de la hacienda. El capitán se había aficionado a la compañía del mayordomo y salía con él todas las mañanas a pasear a caballo. Le hallaba una personalidad curiosa.

Fonta, valiéndose de circunloquios, le había hecho ver 25 que no hacía bien en dar confianza a Campos, quien luego podría creerse con derechos a alternar con él de igual a igual. Pero el inglés era despreocupado, desaprensivo y

47

furiosamente igualitario, y además, aquel carácter enérgico, tan opuesto al de Fernando, ejercía atracción sobre él.

Sabía que Presentación Campos era duro con los esclavos; pero no se sentía capaz de acusarlo; hallaba como una 5 vaga razón por la cual el fuerte podía señorear al débil. Había llegado prevenido contra él y, desde el primer encuentro, el aspecto viril y franco lo desarmó.

Ahora sentía gusto en su compañía, y le dijo:

—Usted me es simpático y quiero hacerle un regalo.

10 —No vale la pena. ¡Deje quieto!

—No, voy a hacerle un regalo. Le voy a regalar una pistola inglesa muy buena. Con eso se acordará de mí.

—Gracias—dijo Presentación Campos casi con desgano.

Al regreso galoparon hasta la casa sin interrupción. 15 Una vez llegados al pie de la escalera, en medio de los dos altos chaguaramos, descendió el inglés.

—Espéreme. Ya vengo.

Subió hasta su habitación. Al bajar pasó por delante de Fernando, que escribía en el corredor, y tornó donde lo 20 esperaba el mayordomo.

Le alargó una pistola de acero brillante, con incrustaciones de nácar y preciosas tallas en la culata.

—Es para usted. Guárdela y acuérdese de quién se la dió.

25 Sin esperar respuesta, con rapidez, volvió a subir. Presentación Campos se marchó en silencio, llevando del diestro los caballos y haciendo funcionar el mecanismo del arma ensimismadamente.

Cuando el inglés regresaba, Fernando le habló:

30 —¿Qué le pasa?

—¡No, nada! Que° bajé a darle una pistola a Campos.

—¡Ah! ¿Le regaló una pistola? Mala cosa. No ha debido hacerlo. Eso le hace subir la pretensión.

—Yo no lo creo.

—A usted le parece un buen hombre, pero a mí no.

—¡A mi sí! Yo le confiaría cualquier cosa mía sin ningún temor.

En ese instante, doña Inés salió al corredor.

—¿De qué hablan?

—Del mayordomo—dijo con displicencia Fernando.

—¡Ah! ¿Acaso ha hecho alguna nueva barbaridad?

—No—agregó el inglés con sorna—ninguna. Solamente que le regalé una pistola, y hablábamos de eso.

Doña Inés sonrió y tomó asiento junto a su hermano. Estaba pálida, de una palidez suave y tierna, sobre la que resaltaban más los grandes ojos negros.

—¿Quiere usted tocar algo?—suplicó el capitán.

Accediendo, se levantó graciosamente, entró en la sala penumbrosa y se sentó frente al clave. Comenzó a tocar un minué tejido de armonías lentas...

Fernando interrumpió su lectura; el inglés, reclinado en un sillón, cerró los ojos.

La música flotaba en notas sencillas y nítidas, llenas de una gracia fácil que invitaba a recordar lejanas y olvidadas cosas.

Terminada la audición, el inglés se aproximó al instrumento.

—Muchas gracias. Toca usted muy bien.

Sonrió con incredulidad.

—¿Quiere usted tocar algo más?

Comenzó un himno religioso lleno de solemnidad, vibraciones sostenidas como agujas góticas y anchas cadencias buenas para el florecimiento de los coros. Reflejo en las teclas amarillas.

—¿Sabe usted? Eso me recuerda mi Inglaterra.

Ella se interrumpió.

—Los domingos, con los órganos de las iglesias, las gentes cantan himnos así. ¡Buenas gentes! Y después se van a pasar el resto del día a los campos. Campos de hierba menuda, con castillos en las colinas. Van en una gran
5 diligencia de cinco caballos pintada de amarillo. El cochero suena un cuerno.

El evocador suspiró:

—¡La vieja y dulce Inglaterra!

La señorita amaba las confidencias del inglés nostálgico.
10 Les saboreaba el encanto. Siempre había estado sola en el caserón severo. La habían rodeado gentes indiferentes y graves, y todo lo tierno°, lo hondo de su alma, no había encontrado cauce. Los únicos hombres que había conocido eran su padre, duro; su hermano, indiferente; su inferior,
15 Presentación Campos, ante quien sentía repugnancia y desprecio, y los esclavos, que no eran ni hombres, ni cosas, ni animales.

Aquel capitán George David, rubio, esbelto, elegante, que había corrido tanto mundo, era un ser° tan extraordi-
20 nario como nunca había visto otro.

Ella suspiró con él, y con femenina curiosidad agregó:

—¿Y hay muy lindas damas en Inglaterra?

—Sí, las° hay. Por el Támesis se ven lindos botes cargados de muchachas con trajes alegres debajo de pequeñas
25 sombrillas. Las riberas están cubiertas de parques verdes, con viejos árboles buenos para contar cuentos. En Inglaterra hay más hadas que en todo el resto del mundo.

Ella rió infantil y complacida.

—¿Usted ha leído a Shakespeare?
30 Nunca lo había oído nombrar. Era deliciosamente ignorante; sólo sabía su catecismo y su clave.

Movió la cabeza negativamente.

—¿No? Es lástima. Está lleno de cosas que hacen soñar a las muchachas. La historia de Titania.° La de Miranda. "Un rostro de mujer delineado por la mano de la
Naturaleza..."

Sentía el encanto de aquella conversación, donde tanta 5
ternura había. Nunca había conocido persona semejante.
Era dulce como ninguno y, al mismo tiempo, rudo y fuerte
como todos los otros; como todos los otros, hablaba también de guerra. Había hecho la guerra en Europa y contaba historias terribles de moribundos que escribían con 10
sangre su adiós a las amadas, de regimientos fantasmas
que venían a presentar armas a sus coroneles, de soldados
que habían escogido entre su madre y la patria. Como los
otros. Pero sólo él, sólo él y nadie más sabía tanta cosa grata
de oír. Aquellos cuentos de los hombres que se suicidaban 15
de amor; de bandoleros, de capitanes piratas que prescin-
dían de la sociedad de los hombres; aquellas descripciones
de París, de las ciudades de España, de Italia, de Londres,
de las noches en el teatro de Drury Lane°, de los trajes
de Madame Recamier, de las chisteras de Jorge Brummel; 20
ninguno que como él cantase y recitase en inglés, tra-
duciendo luego con tanta gracia.

—"... un ojo° que, al contemplarlas, dora las cosas..."
Nadie tan atractivo.

Lo seguía con sus grandes ojos hondos, absortos. 25

Un negro apareció en la puerta.

—El almuerzo está servido.

Suspiró, advirtiendo la súbita ruptura del encantamiento que las palabras del inglés habían ido forjando.

Fernando entró en la sala. 30

—¿Vamos a comer?

Se pusieron de pie.

—Señorita Inés, aprenda el inglés, y así, si yo algún día regreso a Inglaterra, le mandaré todas las cosas de Shakespeare y ya más nunca volverá a sentirse sola.

Durante el almuerzo, Fernando y el capitán hablaron:

5 —Sabe usted, acabo de escribirle a Bernardo. Es necesario que me mande noticias sobre el estado de la guerra y su opinión sobre lo que debemos hacer.

—Muy bien. Ya tengo tiempo aquí y todavía no se ha resuelto nada. Crea que me angustia no haber podido 10 entrar en acción todavía.

—No se preocupe, que tiempo sobra para meternos. Esto no se acabará ni en dos ni en tres días.

—¿Qué se sabe de nuevo?

—Nada. Lo mismo. Los godos se están haciendo fuertes 15 otra vez. Ahora tienen cogido todo el Llano con un tal Boves, que anda haciendo horrores. No sería raro que se volviera a perder la República.

—Por eso es que es necesario apresurarse. Yo no he venido a otra cosa. ¿Cuándo tendrá usted la contestación de 20 don Bernardo?

—Quizá esta misma noche.

Después del almuerzo, Fernando se fué al trapiche e Inés y el capitán caminaron hasta el pequeño bosque que dominaba la colina. Se estuvieron largo rato silenciosos, 25 abstraídos en la contemplación del vasto panorama. Los cañamelares, el humo del torreón, las montañas lejanas.

—Cuando estábamos pequeños, aquí nos contaba cuentos una esclava.

—¿Le da tristeza acordarse?

30 —¡No!

Ella preguntó con ingenuidad:

—¿Por qué vino usted?

—Hasta cierto punto yo soy un hombre maldito. Amo la libertad y voy luchando por ella en el mundo. Algún día en un rincón moriré solo, sin tener quien me cierre los ojos.

Para el capitán eran frases banales que había oído y repetido infinitas veces, y leído hasta la saciedad en todos los libros en boga. Para ella eran extraordinariamente significantes y nuevas. Casi le provocaban ternura para aquel hombre que se decía maldito y que recorría la tierra en busca de los peligros por el solo amor de la libertad. 10

Después de otro rato de silencio:

—Cuando yo me vaya, cuando ya usted se haya olvidado de este hombre maldito, yo me seguiré acordando de los lindos aires que usted tocaba. Me gustará acordarme.

Pretextando una excusa, Inés se marchó y lo dejó solo. 15 Caminaba rápidamente, casi huía. Subió a su alcoba y se encerró. Al sentirse sola se abandonó a llorar desesperadamente. Era una emoción desconocida. El estaba solo y se decía maldito. Ella lo seguiría hasta el fin del mundo, dócilmente, tiernamente. No exigiría más. Sobre la piel, 20 aun más empalidecida, sus grandes ojos estaban llenos de dolor.

Por la noche no quiso bajar al comedor. El capitán y Fernando quedaron solos.

Había regresado el esclavo enviado a casa de Bernardo 25 Lazola en busca de informes.

El candelabro de plata con sus cinco bujías iluminaba el mantel de rico tejido, los platos de dibujos azules y tallaba la sombra de las manos sobre los metales limpios.

Servían los esclavos de librea blanca.   30

—Bernardo dice que todo está muy bien preparado. Que mañana hay una reunión en el pueblo.

—¿Quiénes van?

—Todos los que están comprometidos. En su mayoría son dueños de haciendas de los alrededores. En la reunión de mañana se va a decidir el plan que hay que tomar.

5 —¿Con cuántos hombres cuentan?

—Alrededor de unos mil. Por el camino se incorporará mucha gente.

—¿Y usted cree que sea serio?

—Yo lo creo. Mañana lo sabremos con seguridad.

10 —¿Usted quiere que le hable con franqueza?—dijo el inglés.—Yo no tengo ninguna confianza. Andan hablando y preparando mucho. Ya hace tiempo que debíamos habernos decidido. Mientras más tarde será peor.

Fernando estaba satisfecho de haber encontrado alguien 15 capaz de empujarlo a la acción.

Después de la comida, como todas las noches, se fueron a sentar al corredor, charlando a ratos, a ratos viendo en silencio el campo sombrío.

Fernando dió las órdenes necesarias para salir a la 20 mañana siguiente hacia el pueblo vecino.

Comentaban las noticias traídas por el esclavo.

Un hombre desconocido, Boves, se había levantado en el Llano a la cabeza de un numeroso ejército de caballería salvaje en guerra feroz contra las tropas republicanas, tor-25 turando y destruyendo como plaga apocalíptica.

—A Boves lo llaman el Diablo. Por donde pasa, mata, roba, incendia. Es como una peste.

—Es curioso—agregó el capitán.—Parece ser prodigiosamente valiente y atrevido. Me gustaría conocerlo.

30 Charlaron aún cierto tiempo, después subieron a dormir. Los esclavos extinguieron las luces y todo quedó silencioso y en sombra.

En la madrugada se oyó relinchar los caballos. Don Fernando y el capitán David, acompañados de algunos esclavos, cabalgaban en la penumbra lechosa y húmeda hacia el pueblo por la vereda de humo blanco.

« 6 »

PRESENTACIÓN CAMPOS salió a la puerta y dejó correr los ojos por todos los colores claros del paisaje. Los perros vinieron ladrando regocijadamente a lamerle las manos. Sobre el marco se destacaba la recia figura, el
5 pecho por entre la blusa entreabierta, el cabello sombrío, revuelto, las anchas manos sobre la cintura de cuero; a su rededor los saltos ágiles de los perros. Respiró profundamente y se sintió poderoso.

Cerca, dos esclavas pilaban maíz con movimientos acom-
10 pasados; más allá un hombre sacaba una soga de una piel de res, y junto a la acequia otros esclavos bañaban un caballo. El campo estaba lleno de la actividad de las gentes.

A lo lejos pasaban grandes carretas arrastradas por bueyes.
15 Comenzó a caminar distraídamente. Los que lo encontraban le saludaban con temeroso respeto:

—Buenos días, don Presentación.

Las esclavas atareadas. Los que bañaban el caballo inquieto en el agua fría:
20 —Buen día, señor.

Caminaba al borde de las paredes de cal violentamente blancas, entre los árboles, sobre la fresca hierba recién amanecida.

—Buen día.
25 Arrinconado, junto a un estribo de la pared, un esclavo dormía. Llegó hasta él, marchando de puntillas para despertarlo de una patada. La masa de carne negra rodó,

56

se incorporó nerviosamente, dejó escapar algunos quejidos incontenibles, y después, con humildad, mientras se iba hacia el trabajo:

—Buen día, don Presentación.

La sonrisa iluminaba su faz enérgica. Terminaba de pasar la pared blanca y llegaba a la ancha puerta del repartimiento. Se detuvo. Adentro era tenebroso, húmedo, repugnante. Salía un olor insoportable de trapo viejo, de sudor frío, de cubil de animal carnívoro, olor molesto, olor de cosa repugnante que salía por la obscura puerta y se deshacía en el día azul. Olor de vida baja y asquerosa. Vida que sólo era buena para producir sudor maloliente. Lo poseía el asco. Sentía el aguijón de un poderoso deseo, reacción de su naturaleza viril ante aquel asalto de miseria, de arrasarlos, de sacar todos los esclavos a latigazos a la luz, purificarles la carne con hondas venas de látigo, redimirlos de la pobre carne hedionda a duros golpes, hacerlos morir a todos y prender fuego al cubil pestífero. No podía saberlo, pero era la reacción de su naturaleza, de su naturaleza fuerte y dominadora, que no podía soportar el contacto ni la presencia de las cosas vencidas y cobardes. No podía saber, siquiera, que existían; si llegaban a su alcance, su única reacción era destruirlas. Era fuerte y la vida lo justificaba. A terribles golpes de látigo...

Seguía marchando. La sonrisa volvía a ganarle el duro rostro. Troncos de árboles erizados de hojas de verde puro montaban guardia a lado y lado de su andar.

Ahora pasaba por delante de la casa de los amos. El amo y el capitán David habían salido en la madrugada para el pueblo.

Despreciaba al amo. Su instinto lo rechazaba, lo sabía indeciso y tímido, y él no sabía sino tomar un camino y caminarlo aunque llevara al precipicio. El amo se creía

fuerte y no lo° era; se creía revolucionario y no lo era; se creía inteligente y no lo era; se creía amo y no lo era. Presentación Campos lo despreciaba. "¿Sembramos tal tablón?" "No." "¿Vamos a la guerra?" "¡No!" ¿A la guerra?
5 ... ¡Tenía miedo, y tan linda cosa como era la guerra! ... ¡un buen caballo, una buena lanza, un buen campo ancho y gente por delante! ... La sonrisa satisfecha lo iluminaba. Aquél no era amo para mandarlo a él.

Continuaba caminando. Pasaba bajo los altos cocoteros
10 de la entrada.

El inglés era otra especie de hombre. Pero tampoco. Si le gustaba la guerra, era una guerra que él no comprendía. Una guerra con bonitos uniformes, con generales llenos de medallas, con bandas que tocan marchas. No podía com-
15 prenderlo. Para él, lanza y caballo, lo demás era estorbo; ni uniformes, sino desnudos de la cintura arriba; ni más música que los gritos; ni más general que el que se lleva adentro.

Se sentía impetuoso y capaz de arremeter contra todas
20 las cosas que lo obstaculizaran.

Iba faldeando la colina hacia la parte llana, donde se extendían los tablones. El sol fresco diluía las grandes manchas verdes en el aire. Bajo sus pies resonaba la hojarasca seca, a cuyo ruido huían las lagartijas. Se aproxi-
25 maba al trapiche. La torre cuadrada hilaba un penacho de humo negro, y por sobre los hombres atareados venía el olor perezoso de la melaza.

Los esclavos lo veían acercarse con aquel paso varón y sentían una vaga angustia.
30   —Buen día, don Presentación.

Llevaba los ojos en alto, apenas si advertía los torsos negros y las cabezas lanosas que se doblaban saludándolo. Iba alto y orgulloso. Se sentía como señoreando los hom-

bres y las cosas. Hubiera querido destruir para poner a
prueba su fuerza.

Espíritu Santo, aquel esclavo a quien tenía mala voluntad; debilucho, conversador, perezoso:

—Buen día, señor.   5

Ya había pasado más allá de él, pero se revolvió bruscamente. Con eso lo haría trabajar.

—Corre ligero. Ensíllame el caballo. El caballo zaino,
calabozo, y tráemelo. Pero es° corriendo ... ¡Ligero!

El esclavo desapareció velozmente colina arriba. Su voz 10
fustigaba a los hombres y los hacía obedecer temerosa-
mente. Se sentía satisfecho de su superioridad. Tenían
que obedecerle. Estaba arriba, arriba de todos, como
cuando estaba a caballo sobre la bestia temblorosa dominada por las fuertes manos.   15

Era un hombre hecho para mandar. No se sentía cómodo
recibiendo órdenes de nadie. El pensar que don Fernando
lo mandaba le provocaba un acceso de ira.

Otra cabeza lanosa que se inclinaba:

—Buen día, señor.   20

—Corra. Tráigame agua, agua limpia para beber.

El negro huyó presuroso. Sonreía complacido observando aquella actividad cobarde. Ahora volvía el esclavo
con una totuma rebosante de agua fresca.

—Aquí está, señor.   25

La tomó, bebió dos tragos y lanzó el resto a la tierra.
Toda aquella carrera para dos tragos de agua. El mandaba.

—Gracias, señor—y se fué rápido con el recipiente
vacío, contento con estar lejos del mayordomo.

Espíritu Santo regresaba trayendo un potro. Campos 30
lo recibió, examinó los aperos, la cincha, los estribos, y
luego, con un salto ágil, cayó sobre la silla. El caballo
partió saltando nerviosamente. Presentación Campos son-

reía. Soltaba las riendas a la bestia y la dejaba correr libre-
mente. A su lado huía un margen verde unido de caña
vista a la carrera. Se sentía altanero y dominador. Buen
caballo, caballo bueno para la guerra, detrás de la lanza
5 recta el brazo firme, tras el brazo firme el caballo vertiginoso. Bueno para la guerra.

Los esclavos lo veían desaparecer a lo lejos entre los
tablones.

Tenía necesidad de fatigarse, de descargar la fuerza.
10 El tema del amo tornaba a molestarlo. Todo el vigor que
ardía dentro de su carne estaba contenido y mandado
por el cobardón de don Fernando. Se sentía ebrio de fuerza.

Los esclavos lo veían regresar a carrera tendida y comenzaban a disimularse haciendo que trabajaban. Se
15 aproximaba. Ya estaba entre ellos.

Ahora su voz resonaba imperiosa. Hablaba al esclavo
más próximo.

—¡Suba arriba! ¡Toque la campana y reúname toda
la gente! ¡Toda la gente! ¡Vaya!

20 El esclavo subió, los otros que habían oído lo siguieron
atropelladamente.

Quedaba solo, sobre el caballo, junto al trapiche. Al
poco rato se oyó la alharaca de la campana, tocada furiosamente. El sonido volaba a todos los extremos y dejaba
25 estremecido el aire. Desde los más lejanos sembrados los
hombres oían el ruido, se incorporaban y se venían marchando a prisa.

La campana enloquecía y su ruido era como un licor
que excitaba la sangre. La multitud de cabezas negras iba
30 creciendo alrededor del bronce. Grupos de hombres venían
de todos lados.

Abajo, Presentación Campos se inquietaba esperando.
La catarata de ruido se cortó en seco. Ahora en el aire

se oía el cuchicheo de los que se preguntaban el objeto de aquella intempestiva reunión.

La luz del sol caía a plomo.

Cuando el ambiente se hubo calmado un tanto, se oyó el galope del caballo del mayordomo, que subía la colina. 5 Subía y se detenía ante ellos.

—Tráigame mi machete y mi pistola.

Espíritu Santo regresó rápidamente, trayendo ambas cosas. Con calma se atravesó la pistola en la faja, tomó las riendas en la mano izquierda y con la derecha empuñó el 10 machete. La garra se estranguló sobre el mango de cuerno.

Los hombres lo miraban en un silencio perfecto.

Su voz volvió a levantarse poderosa:

—Hasta° hoy no más dura el trabajo. Hoy nos vamos todos. Nos vamos para la guerra. Ustedes son mis soldados. 15 Recojan los machetes y síganme.

Los esclavos permanecieron un instante indecisos, sorprendidos por la brusquedad de la determinación.

—¡Vamos! ¡A recoger los machetes!

Ya algunos se preparaban a obedecer cuando un negro 20 vigoroso se adelantó hacia el mayordomo con aire resuelto:

—Usted es el mayordomo, sí, señor; pero no el amo. El amo no está aquí. Usted no tiene derecho a llevarnos de la hacienda de ese modo.

Los otros sólo vieron el caballo encabritado y el brillo 25 del machete. Después, el esclavo, ensangrentado, tendido en tierra, muerto, con un hondo tajo en el cuello.

Nadie más vaciló. Apresuradamente iban a buscar las armas y regresaban. Cuando estuvieron reunidos de nuevo, Presentación Campos comenzó a observarlos. Eran cien 30 hombres que formaban un abigarrado conjunto. Medio desnudos, descalzos, apoyados sobre los machetes con cansancio; algunos, fuertes; algunos, flacos y enfermos.

Los fué escogiendo.

—Usted, Pedro, y usted, Ramón, y usted, Natividad, y usted, Cirilo, y usted, Jesús°, serán mis oficiales. Yo soy el jefe.

5 Los cinco nombrados, jóvenes y fuertes, se separaron de la aglomeración.

—Ustedes son los que mandan a esta gente según las órdenes que yo les dé.

Ya los improvisados oficiales comenzaban a ejercer su 10 reciente autoridad a cintarazos sobre las espaldas de los torpes y asustados esclavos, cuando de lo alto de la casa del amo surgió una voz clara y penetrante:

—¿Qué hace usted allí, Campos, con esa gente? ¿Quién ha matado ese hombre?

15 Era doña Inés, que, desde el balcón, acababa de sorprender la escena.

—No tengo que entregar cuentas ni a usted ni a nadie— respondió.—Pongan en marcha estos hombres. ¡Síganme!

Cuando ella vió que se iba sin hacerle caso, que se llevaba 20 todos los esclavos, que abandonaba la hacienda, con la fuerza de la indignación, desesperadamente, comenzó a gritar, a desahogar su ira:

—¡Traidor! ¡Asesino! ¡Ladrón!

Los gritos volaban aturdidos sobre la pequeña tropa, 25 que marchaba alejándose tras el caballo de Campos.

—¡Asesino! ¡Cobarde! ¡Traidor!

Fué una resolución súbita. Aquélla era la hermana del amo, la carne del amo, el grito del amo, que lo seguía hostigando aún más allá de su enérgica liberación. El amo 30 todavía.

—Espérenme aquí. Ya vuelvo.

Y los hombres, desconcertados, lo vieron dirigirse de nuevo, velozmente, hacia la casa.

La furia lo arrastraba.

—¡Ladrón! ¡Traidor!

Sentía la necesidad de que aquella voz cesara, de que aquella voz muriera, de que no pudiera oírse más nunca.

Desmontó en la escalinata. Era la primera vez que se aventuraba en el interior de la residencia de los amos. Nunca había pasado del primer corredor exterior.

Subió con paso decidido. Pasó el corredor de aire fresco, donde don Fernando leía por las tardes; entró al salón con tapicerías rojas. El clave, los sillones, las miniaturas.

—¡Traidor!

El insulto hervía entre las paredes y le restallaba sobre la sangre acelerada. El grito agresivo bajaba rebotando por la escalera desde el alto. Arriba estaba doña Inés, más pálida, con los ojos más negros y más grandes, toda sacudida.

—¡Cobarde!

Ya fuera de sí, se lanzó como un loco escalera arriba. Ella lo vió venir en aquella forma salvaje y retrocedió asustada hacia el interior de la alcoba.

Ya no era un hombre; era una energía desatada y destructora.

Fué retrocediendo ante él, lentamente, hasta la pared, junto al lecho. De pie, los brazos en jarra, él la veía de arriba abajo, con los ojos incendiados de odio.

Doña Inés se sentía indignada, ofendida, y al mismo tiempo indefensa ante aquel bárbaro que ella había considerado siempre como un animal. Un impulso imperioso de su sangre la obligaba a insultarlo, a maltratarlo, a hacerle todo el mal que sus manos pudieran.

—¡Esclavo, traidor, que te has atrevido a alzarte contra tus naturales dueños! ¡Esclavo cobarde!

El no pudo contenerse. Se desgarró la blusa hasta desnudarse el pecho, y, mientras se lo golpeaba con las recias manos, gritó ronco:

—¡Esta no es carne de esclavo, pobre mujer! Yo no soy un esclavo. Yo soy un hombre libre. Yo no soy esclavo de ⁵ un pendejo como su hermano. ¡Esta es carne libre, carne de amo!

Luego se fué sobre ella, y con golpes tremendos de sus manos pesadas, hizo rodar a tierra su cuerpo ensangrentado.

¹⁰ Al salir Presentación Campos con la blusa desgarrada, algunos esclavos comenzaban a sonreír con malicia, pero la voz temible los inmovilizó de nuevo:

—Tres hombres a pegarle candela a la casa, y diez hombres a pegarle candela a los tablones.

¹⁵ Los oficiales activaron las órdenes a planazos.

Los que entraron a prender fuego a la casa dijeron después que habían oído, como viniendo de lejos, de algo escondido, un llanto débil y quejoso.

Momentos después se alzaron grandes llamas violentas ²⁰ por entre las paredes blancas. Los incendiarios habían rociado la madera con barricas de aguardiente. Eran llamas azules, rojas, pálidas, trenzadas, que se desvanecían bajo el sol.

También de los tablones, de los lejanos sembrados, co- ²⁵ menzaban a elevarse voraces fogatas.

Regresaban los negros.

Presentación Campos montó a caballo.

—¡Vamos, en marcha!

La pequeña tropa desfilaba al través de los sembrados, ³⁰ por entre los resplandores rotos del incendio. Las chispas hacían caracolear el caballo.

A lo lejos germinaba el bosque de fuego, crecía potente y retorcido.

Sobre los bríos de su potro, Presentación Campos tornaba a sonreír satisfecho.

Detrás, el grupo marchaba sin ningún orden, comentando en voz baja los extraños acontecimientos.

Cuando salieron de las tierras de "El Altar," el fuego había envuelto casi todo el campo: llamas enormes crecían en el aire, se oía el crepitar de las fogatas, y el viento venía cálido e irrespirable. Los hombres sudaban copiosamente.

Adelante, el jefe indicaba el camino. Cabalgaba sin hablar a nadie. Nadie se atrevió a hablarle.

Recorrieron largo trecho. Hacia la tarde, estaban en las proximidades de una pequeña aldea.

Campos mandó hacer alto y destacó un hombre para allegar informes. Aun no había decidido su conducta. Hasta ese instante había obrado sin recapacitar. Sólo sabía que iba para la guerra. Pero aun ignoraba si sería realista o republicano.

Mientras regresaba el emisario, llamó a uno de sus oficiales:

—Mira, Natividad; ven acá.

—A la orden, jefe.

—¿Qué te parece esta lavativa?

—¿Cuál?

—¡Guá! Esta de habernos alzado.

Natividad temía responder algo que estuviera en desacuerdo con el pensamiento de Campos.

—Muy bien hecho. ¿Hasta cuándo íbamos a aguantar?

—Ahora estamos arriba, Natividad. Los° de abajo, que se acomoden.

El otro rió con malicia; rieron los dos, celebrando sus ideas siniestras.

—Bueno, Natividad. Pero tú no has pensado una cosa. ¿De qué lado nos vamos a meter?

—¿Cómo, de qué lado?

—¡Guá! ¿De qué lado? Si nos hacemos godos o republicanos.

Natividad guardó silencio un instante.

5 —Bueno, mi jefe ¿y qué diferencia hay?

—¡Mucha! ¡Cómo no! Tú no ves: los godos tienen bandera colorada y gritan: "¡Viva el Rey!"

—Eso es.

—Mientras que los insurgentes tienen bandera amarilla

10 y gritan: "¡Viva la Libertad!"

—¡Ah, caray! ¿Y qué escogemos?

Otro de los oficiales, Cirilo, que había estado oyendo, se aproximó.

—Nadie me ha llamado, pero yo voy a meter mi cuchara.

15 Esas son tonterías. ¿Qué nos ofrecen los insurgentes? ¿Libertad? ¡Ya la tenemos!

—Por mi parte—dijo Natividad—yo creo una cosa. Los godos tienen mucho tiempo mandando y ya están ricos y buchones. Con ellos se puede conseguir algo. Mientras que

20 los insurgentes están más arrancados que un huérfano. Con esa gente no se consigue sino hambre.

A esa sazón regresó el hombre destacado para espiar. El pueblo no tenía guarnición; las gentes eran pocas y desarmadas, y había una pulpería con muchos víveres.

25 Después de oír los informes, Campos se acercó al grueso de su gente.

—Bueno, pues, muchachos. ¡Vamos a ver si es verdad! Ahí está ese pueblo, desarmado y con bastantes cosas. Lo vamos a rodear y entramos al mismo tiempo por todas las

30 calles gritando mucho y meneando los machetes para asustar a la gente. Bueno, pues. ¡En el nombre de Dios!

Se separaron en varios pequeños grupos por distintos caminos, en ejecución del plan.

Cuando calculó que todo estaba listo, Presentación Campos desembocó por una calle a todo correr y disparó la pistola al aire. Detrás de él, y desde todos los lados del pueblo, llegaban gritos desaforados. Era un escándalo infernal.

Los pobres habitantes corrían a esconderse en las casas, creyéndose víctimas de una invasión furiosa.

Se confundían las voces terribles de los asaltantes y las acobardadas de los pobladores.

—¡Eeepaa! ¡Viva el general Campos! ...

—¡Virgen del Carmen ... sálvanos!

—¡Máteme ese hombre! ...

—¡Viva Presentación Campos!

—¡Bendito y alabado sea el Santísimo Sacramento!

Presentación Campos llegó hasta la plaza, un espacio cuadrado, cubierto de hierba, con un botalón en medio. Algunos cerdos gruñían echados. Despachó centinelas a todas las salidas e hizo llamar a los vecinos.

Las pobres gentes fueron saliendo con cautela, y mientras se reunían, observaban con ojo asustadizo el aspecto de los forasteros. Eran, en su mayoría, viejos, mujeres y niños. Los mozos ya habían sido reclutados para la guerra.

Tenían confusas ideas sobre los acontecimientos del país e ignoraban completamente quiénes pudieran ser sus invasores. Había quienes creían que el jefe de los negros era el general Miranda, y otros sospechaban que era Boves en persona, con lo que arreciaba el miedo.

Cuando estuvieron completos, o lo parecieron, Campos, siempre sobre el caballo, les habló:

—Señores, yo soy el general Presentación Campos. No vengo a hacerles ningún mal. Eso sí, tengo que organizar mi gente y necesito que me ayuden. Necesito víveres, caballos, plata y gente. ¿Quiénes son aquí los principales?

Sin responder, se pusieron a hablar en voz baja. Tomaban consejo e imaginaban argucias para defraudarlo. Continuaban sin responder.

Campos cambió de tono:

5   —Ya veo que por las buenas no se hace nada. Bueno. ¡Si no salen ya los principales, me llevo a la fuerza todo lo que haya en el pueblo y le pego candela!

Inmediatamente, un hombre de pelo blanco se adelantó.

—No, señor. No es necesario que usted haga eso. Po-
10 demos entendernos de otro modo. Nosotros le daremos lo que necesite y usted nos hará el menor daño posible.

—Convenido—respondió Campos, desmontando de la cabalgadura.

Había triunfado. Estaba complacido. Era el primer acto
15 de reconocimiento público de su autoridad.

La muchedumbre se disgregaba.

El mismo hombre tornó a hablarle:

—Si quiere, venga conmigo, para que se hospede en mi casa. Es la mejor de aquí.

20   Aceptó contento. El otro se puso en marcha adelante, conduciéndolo.

Al paso se le atravesó una vieja con cara de idiota.

—Oiga, mi hijo ¿ustedes son de los insurgentes o de los godos?

25   Como él no respondiera, uno de los negros la apartó de un planazo.

—¡No sea atrevida y preguntona, vieja del diablo!

Esa misma tarde, en la casa que Campos organizó como su cuartel general, comenzaron a acumularse los víveres;
30 sacos de caraotas, fréjoles y maíz, plátanos, diez caballos y cinco novillos.

Además, entre lo que buenamente le dieron y lo que robaron los soldados, tenían casi mil pesos.

Al día siguiente, Campos organizó de nuevo la marcha. Reclutó los mozos servibles que aun quedaban en el pueblo, y llevaba una reserva de machetes y tres fusiles viejos. Adelante iban la impedimenta, el ganado y unas bestias con la carga. Ahora iban a caballo los oficiales y algunos de los soldados; en medio, los otros, marchando desordenadamente, sin disciplina, en tropel.

De nuevo el campo abierto. Iban alegres, se sentían libres y fuertes. Comenzaban a venerar al jefe. Le debían aquella vida maravillosa. Era valiente, atrevido, simpático. Ningún otro hubiera podido mandarlos.

Entonaban canciones, conversaban, iban solos o por grupos, con las armas terciadas a la espalda.

En llegando a un recodo, un hombre destacado, que iba a caballo delante, se volvió a todo correr.

—Viene tropa.

—¿Mucha gente?

—Mucha.

—¿Qué bandera?

—Colorada.

Presentación Campos ordenó hacer alto a su montonera, y se adelantó solo hasta franquear el recodo.

Venía un numeroso destacamento de tropa regular avanzando y con fusiles.

La avanzada le dió la voz de alto; pero él continuó avanzando sin responder.

—¿Quién vive?

Soltó las riendas y, silenciosamente, se dejó llevar por el caballo, los ojos fijos en la bandera roja.

—¿Quién vive?—preguntaron de nuevo.

Deteniéndose bruscamente se empinó sobre los estribos:

—¡Viva el Rey!

« 7 »

DESDE TEMPRANO había comenzado la reunión en casa de Bernardo Lazola, y aun no se había llegado a un acuerdo. Casi todos eran hombres a quienes el dinero hacía prudentes y que esperaban que la situación del país 5 no fuera dudosa para poderse comprometer sin peligro.

Fernando se dejaba arrastrar con cierta satisfacción por la actitud negativa que ganaba a los más. Los únicos favorables a la guerra eran Bernardo y el capitán David.

—No se puede esperar indefinidamente. El auxilio hay 10 que prestarlo justamente cuando se necesita. Ahora que los republicanos están necesitados es cuando debemos ir. Después que la situación se haya decidido en su favor no tiene ningún objeto nuestra ayuda—decía Bernardo.

Un viejo y rico hacendado habló a su vez:

15 —Sí, joven, usted puede tener razón, pero nosotros también. Estas cosas no se pueden resolver así como así. Si yo me meto a la guerra, no es un gusto que me voy a dar; son muchos miles de pesos que voy arriesgando: mis tierras, mis esclavos, hasta mi vida. Porque, dése cuenta, si 20 la revolución gana, de todos modos gasto mis reales, y si pierde, los godos me arruinan.

Otro añadió:

—Además, hay que ver las cosas como son. ¿Con qué cuentan los republicanos? Será con los reales de nosotros, 25 porque andan derrotados, muertos de hambre y sin un centavo. Todo el país está otra vez en poder de los españoles. Meterse ahora me parece una locura.

—Boves ha acabado con la revolución.

El inglés dijo:

—Yo encuentro que ustedes discuten lo que no se ha venido a discutir. Todos están de acuerdo en que se debe ayudar a los republicanos. Lo que se trata de saber es cómo 5 y cuándo se debe prestar esa ayuda.

—Señores—corroboró Bernardo—esto no es un negocio sino un asunto de convicción. Estoy seguro de que ninguno de ustedes quiere pensar en mezquindades en una hora tan importante. 10

A esta sazón, un hombre que había permanecido silencioso, acariciándose la boca con su gruesa mano, habló, lenta y sentenciosamente :

—Bueno, yo, por mi parte, sé a qué atenerme. Conmigo no cuenten. Yo no tengo nada que hacer con República, 15 ni con patria, ni con ninguno de esos cuentos. Me voy para mi campo a trabajar. Antes, con los españoles, estábamos mejor. Había plata, se hacían negocios. ¡Los godos serán° malucos, pero más lavativas han hecho los republicanos! Dígame° eso del papel moneda. ¿A quién se le ocurre eso? 20 Y eso de darles libertad a los esclavos, esa pila de negros haraganes y flojos. No respetan ni la gente ni la propiedad. Ya han tenido dos veces el mando y no han hecho nada. Primero fué aquel general Miranda, muy franchute° y muy todo lo que quieran, pero que no servía para nada. 25 Ahora es este Bolívar, que tampoco ha servido para mucho. ¡Con esa gente no se va a ninguna parte!

—Hace usted mal—replicó Bernardo—en juzgar de ese modo. Usted no sabe de lo que habla. Ni Miranda fué un inepto, como usted lo cree, ni Bolívar lo es. Usted es 30 un miserable que no piensa sino en sus cuatro centavos.

El hombre se levantó con indignación.

—¡No se caliente ni me venga a gritar! ¡Yo con mis reales

hago lo que me da la gana; y no se los doy a ningún insurgente muerto de hambre para que me los robe!

Bernardo, fuera de sí, quiso írsele encima; pero los demás se interpusieron. Mientras trataban de apaciguarlo, 5 el otro se fué, rezongando sus razones.

Al fin se logró restablecer la calma.

—No ha debido hacerle caso.

—El es así. Muy bruto.

Sin embargo, se advertía que el incidente había deprimido los ánimos. Cualquiera podía observar que la mayoría estaba de acuerdo con el que se había ido.

Fernando sentía un escozor entre el miedo y la inquietud. Comprendía que las argumentaciones de aquella especie de bestia eran las mismas que en forma inexpresada 15 se agitaban dentro de él. A la guerra prefería su vida cómoda y muelle en "El Altar," porque aun cuando su espíritu comprendiera todos los generosos ímpetus, todos los bellos sacrificios, su carne era desfalleciente y cobarde. Por ello, a pesar de haber venido con el propósito firme 20 de excitarlos a la guerra, no había hablado una sola vez, y oía complacido a todos los que se oponían, a todos los que desertaban, y casi llegaba a desear que la idea fuera rechazada.

El viejo hacendado, que había tomado la palabra al 25 principio, tornaba a hablar:

—Bueno, señores. Es preciso saber a qué atenerse. A mí me parece oportuno que cada uno vaya diciendo lo que piensa. Los que quieran meterse en la guerra, que° lo digan; los que no quieran, que lo digan también. Yo, por 30 mi parte, vuelvo a repetirles que no creo que por el momento estén° buenas las cosas como para eso; pero de todos modos, aun cuando yo no me metiera, podría dar una ayudita en plata ¡para que no digan°!

—Entonces—dijo el capitán David—se trata de saber quiénes van y quiénes no van, porque aprobar esta resolución no es posible. Los que quieran ir, que se pongan de pie.

Aunque nadie se levantó, la proposición fué recibida con 5 fuerte rumor de comentarios.

Pasaba el tiempo.

—A ver, señores, que se paren los que estén resueltos.

El ruido de voces continuaba, sin que nadie se moviera, hasta que, de un rincón, se levantó un mozo. 10

—¡Yo!

Otro cerca de él:

—¡Yo!

—Muy bien; ya van dos. A ver, señores.

Al otro extremo un hombre de grandes bigotes: 15

—¡Y yo también!

Fernando los había visto erguirse y comenzaba a temer que la idea de la guerra triunfara.

—¿Quién más?—preguntaba el inglés.

Cortando la escena, entró un negro. 20

—Solicitan a don Fernando Fonta.

—¿Quién?

—Un esclavo de "El Altar."

Fernando salió apresuradamente.

Afuera estaba Espíritu Santo, desgreñado, la respira- 25 ción intermitente, los ojos saltados de fatiga, sin voz:

—¡Mi amo! ¡Mi amo!

Algo terrible debía suceder para que el pobre siervo llegara con tal rostro de terror.

—¡Qué! ¿Qué pasa? 30

—¡Mi amo! ¡"El Altar"! ... ¡La niña Inés! ...

—¿Qué? ¡Habla!

El aliento fatigoso le impedía hablar con continuidad.

—Presentación Campos, mi amo, se alzó...

—¿Qué?

—Se alzó. Quemó la hacienda.

Fué una revelación instantánea. Aquel hombre que
5 siempre le había parecido antipático había hecho su obra
de destrucción. Casi podía decir que lo sabía hacía tiempo,
que lo esperaba. Se sentía culpable.

—Pero ¿qué ha hecho, Espíritu Santo? Dime. ¡Habla!

—Se alzó, mi amo. Se alzó con todos los esclavos. Le
10 ha pegado candela a la hacienda.

"El Altar," la vieja tierra de todos sus abuelos, había
sido incendiada por un intruso. Si lo tuviera a mano lo
estrangularía.

—¿Dónde está Inés?

15   —¡La niña Inés también, mi amo!

—¿Cómo? ¿También qué?

—También, mi amo; ella estaba dentro de la casa.
¡Qué horror, qué horror, mi amo!

Fernando se sentía enloquecer. Su hermana, sus tierras,
20 todo arrasado por aquella fuerza bruta. Lo había ani-
quilado. Una honda desesperación le torcía las fibras. Lo
habían destruído a él mismo en algo más que en su persona sin haberlo podido evitar. Lo habían destruído. Lo
habían destruído. Lo habían destruído. Desesperada im-
25 potencia ante lo ya consumado. Lo habían destruído. El
mundo nacería y acabaría mil veces, y aquello no podría
cambiar. Lo habían destruído. Fuera de sus manos, más
allá de su acción, pese a su exasperada angustia, estaba
destruído para siempre. Destruído. Destruído. Destruído.
30 Ahora comprendía que los hombres se exterminaran en
la guerra. Ahora comprendía que Zuazola bayoneteara
a los niños, que Rosete incendiara los hospitales, que

Boves hiciera descuartizar los hombres en su presencia
para verles las vísceras vivas. Ahora odiaba. Era una infinita sed que le abrasaba el cuerpo. Presentación Campos.
Era una infinita sed que no calmarían torrentes de sangre.
Era muy poca cosa matar un hombre. Muy poca cosa 5
matarlo cien veces. Sentía la necesidad imperiosa de destruir.

Espíritu Santo temblaba viéndole congestionado de ira.

—¡Qué horror, mi amo!

—¿Horror de qué, imbécil? 10

Veía al pobre negro flaco postrado en tierra, sacudido
por la fatiga y el pavor, y su ira torpe lo señaló como un
objeto en qué saciarse.

—¿Y tú? ¿Por qué no te alzaste y me robaste tú?

Sentía odio. Deseo de desahogarse, destruyendo, oyendo 15
gemir, oyendo suplicar.

—¡Tú, negro cobarde, no me robaste por miedo!

No podía distinguir. La cólera lo poseía como una fiebre.
Con manos crispadas por el espasmo nervioso, cerró el
cuello delgado del esclavo. 20

—Mi amo ¿qué hace mi amo? ¡Perdón!

No pesaba nada. Lo levantó en vilo y lo zarandeó en el
aire como un pelele. El desgraciado comenzaba a asfixiarse.

—¡Mi amo, me mata! ¡Me mata ... aaayyyyy!

Bernardo, el inglés, unos hacendados, salieron del in- 25
terior, atraídos por los gritos.

A viva fuerza lograron arrancarle el esclavo.

—¿Qué pasa? ¿Qué pasa? ¿Qué ha sucedido?

Calmado por el esfuerzo físico, pasado el primer impulso de ira, Fernando tuvo una reacción infantil. Su ha- 30
cienda destruída, su pobre hermana. Comenzó a sollozar.

—¿Qué ha sucedido?

—¿Qué pasa?

Mientras Espíritu Santo explicaba a las otras personas, él, lloriqueando, decía al inglés:

—¿Usted ve, capitán, lo que era ese traidor de Presentación Campos? Me ha destruído todo. Ha acabado conmigo. ¡Mi pobre hermanita!

El inglés trataba de consolarlo; Bernardo se acercó.

—¿Por qué no vamos hasta la hacienda a ver nosotros mismos lo que ha pasado? Yo los acompaño.

—Me parece muy bien—respondió el capitán.—Espíritu Santo, prepare los caballos.

—Ese bandido, capitán—continuaba Fernando—ese bandido que me ha acabado todo. ¿Por qué? ¿Por qué?

El negro traía las cabalgaduras. Ayudaron a montar a Fernando y partieron al galope, aguijoneados por el deseo de llegar pronto.

Fernando continuaba con el llanto nervioso, incontenible. No le brotaban lágrimas. Era apenas una mueca intermitente en el rostro.

El sol dorado de la tarde realzaba el paisaje en el camino; los altos montes, las siembras de caña, los búcares bermejos. El inglés recordaba su primera visita a la hacienda. El cielo azul macizo gravitaba sobre los cerros.

—Don Bernardo—preguntaba el capitán—¿no conoció usted a Presentación Campos?

—Sí, una vez lo vi en el pueblo.

—¿No le pareció un hombre leal?

—No recuerdo. No me fijé mucho en él.

—Yo° sí. En la hacienda salíamos casi todos los días. Lo había visto muy de cerca. No parecía capaz de hacer eso.

—Tal vez disimularía delante de usted.

—No. De eso estoy seguro. Delante de mí no disimulaba.

Era natural. Lo mismo que delante de los otros. Me producía una impresión de fuerza, de confianza.

Sin quererlo, aun lo obsesionaba su fuerza magnífica, ahora destructora. Persistentemente le asaltaba el recuerdo. Le evocaba: la risa fría sobre los dientes de animal de presa, sólido como hierro sobre el potro encabritado, los ojos iluminados, hablando con aquella voz seca: "El que está arriba es el vivo..."

En medio, Fernando cabalgaba, lamentándose como quien deja escapar un delgado hilo de dolor:

—¡Qué traición! ¡Qué horrible traición! ...

Llegaban al confín de "El Altar." No se percibía señal de vida. Olía a rescoldo. Bernardo llegó el primero sobre la primera colina, desde donde se podía dominar el campo de la hacienda.

El mayor espacio de lo que fueron los sembrados era de un negro uniforme de carbón; hacia los lejanos términos aun se levantaban altos fuegos. La casa° de los amos había caído bajo los techos. Entre el desmoronamiento se alzaba alguna pared renegrida como piedra de fogón.

Fernando fué viendo lentamente. Con la contemplación le crecía el dolor, le renacía la angustia. Tornaba a lamentarse:

—¡Dios mío! ¿Cómo es posible semejante crimen?

Espoleando el caballo se lanzó a carrera tendida al través del campo hacia la casa. Los otros lo siguieron. Desmontaron sobre las ruinas.

Salvo algunos muros en pie, el edificio estaba totalmente destruído; carbonizada la madera, caída la piedra, pulverizada la tierra. Desde uno que otro rincón se hilaba un humo tenue.

Fernando iba por entre los escombros, enloquecido; pa-

rábase a ratos a contemplar los restos dispersos; cruzaba
en todas direcciones, clamando con desconsolada y lamen-
table voz:

—¡Inés! ¡Mi hermana! ¡Mi hermanita! ¡Inés! ¿Dónde
5 estás?

Entre el campo desierto y las ruinas tan sólo se con-
servaban intactos el repartimiento de los esclavos y la pequeña habitación del mayordomo.

Bernardo y el capitán iban hacia ellos a prisa cuando,
10 en viéndolos aproximarse, salieron a la puerta del repartimiento hasta diez negras, llorando y con grandes mues-
tras de pesadumbre.

—¡Ave María Purísima, qué horror!

—¿Dónde está doña Inés?—preguntó Lazola.

15 —¡Ave María! La hemos buscado por toditico° eso y no
hemos podido dar con ella.

—¿Por todas partes?—tornó a preguntar.

—¡Ay, sí, señor! Toditico, toditico.

Y luego, cada una por su lado, comenzaron a hablar:

20 —¡Tan° buena que era!

—¡Jesús Credo, qué hora tan menguada!

—Nosotras, en el zaperoco del incendio, nos metimos
aquí.

—Pero mire, la hemos buscado de verdad.

25 —Las Tres° Divinas Personas la amparen.

—¡Seguro que se la llevó el gran bandido° ése!

Temiendo que si Fernando llegaba a verlas le provo-
casen una nueva crisis, les ordenó:

—Quédense aquí. ¡Y no salgan! ¡Y se callan°!

30 Volvieron a desaparecer todas en el adentro, arrastrando
sus voces compungidas.

Regresaron desesperanzados. Fernando, echado en tierra,
gemía. A tanto llegaba su interior desorden que ni siquiera

les preguntó el resultado de la búsqueda. Con ojos lacrimosos consideraba el estrago:

—Esto es lo único que me queda de mi casa. Todas estas cosas que fueron de nosotros toda la vida, se acabaron. Las acabó ese bárbaro. ₅

Desasosegado, el inglés se puso a marchar sobre la ruina informe. Entre la tierra removida vivían los tizones. Aquello había sido la casa de la señorita Inés: el salón con el clave, las viejas imágenes del oratorio, el pequeño patio con rosas. Había sido. La ciega destrucción lo indignaba. ₁₀ El clave en que tocaba su música niña la señorita Inés. La pobre señorita Inés, a quien contaba cuentos de hadas. Comenzaba a sentir un poco de compasiva ternura. Comprendía que había sido indiferente. Le había hablado como a la única mujer que le era dado ver en aquel sitio. No ₁₅ había experimentado por ella la menor inclinación; sin embargo, ahora le dolía la tragedia que había asolado su frágil vida. Ahora que estaba perdida para siempre, casi la recordaba con ternura.

Bernardo se aproximó. ₂₀

—Capitán, yo creo que ya aquí no queda nada que hacer.

—Yo también lo creo.

—Entonces ¿regresamos al pueblo?

Fernando, que oía, intervino: ₂₅

—Regresen ustedes solos.

—¿Y tú qué vas a hacer?—preguntó Bernardo.

El estado anormal se le revelaba en las palabras.

—¿Yo? Lo único que me queda. Irme a la guerra. No quiero nada con pueblos ni con gente que conozca. Me voy ₃₀ para la guerra. Ahora sí es verdad.

—Si es así, yo te acompaño.

—Yo también—añadió el inglés.

—Vamos hasta casa—prosiguió Bernardo—nos preparamos y salimos lo más pronto posible.

Casi con furia, repitió:

—¡No! ¡Ya he dicho que no! No quiero ir al pueblo. Me
5 voy para la guerra, y es ahora mismo.

La excitación nerviosa lo galvanizaba. Se levantó y montó a caballo.

El capitán tornó a hablarle:

—No se irá usted solo de ninguna manera. Como sea,
10 yo le acompaño.

Como sin oírlo, Fernando se alejaba, descendiendo la colina. Cabalgaron rápidamente y fueron a reunírsele.

Las esclavas tornaron a salir a la puerta del repartimiento. Fernando las advirtió. Por sobre el mugido de
15 dolor que trenzaban les gritó:

—¡Están libres! ¡Váyanse!

—¡Dios se lo pague, mi amo lindo!

—¡Dios lo guarde!

—¡Dios lo bendiga!

20 Las voces y las figuras giraron tras el lomo de la colina. Andado un trecho, Fernando se detuvo.

—¿Hacia dónde vamos?

—Por el Sur andan los godos; Boves tiene todo el Llano
—dijo Bernardo—pero por los lados de Valencia hay re-
25 publicanos.

—Vamos hacia allá, entonces.

En silencio continuaron al paso de los caballos, sobrecogidos por la devastación que habían presenciado y por aquella resolución brusca que había cambiado de pronto
30 sus planes y hasta su vida misma.

Marchaban juntos sobre sus propias sombras, que el sol les echaba adelante como desmesurados gusanos sobre el polvo amarillo.

Iban faldeando un sistema de montañas poco elevadas por sobre largos y espaciosos valles cultivados; a trechos, atravesaban riachuelos de arena amarilla.

Una dura soledad señoreaba el espacio.

—¿Dónde vamos a pasar la noche?—preguntó el capitán. 5

—En Magdaleno—respondió Bernardo—que es un pueblo chiquito y seguramente podremos informarnos.

Iban en la tiniebla, medio aclarada por las estrellas, guiados por el instinto de las cabalgaduras. 10

Aun a ratos se oía la voz de Fernando que suspiraba dolorosamente:

—Mi hermana. Mi pobre hermana.

Bajo la noche empezaron a titilar a lo lejos las luces de un pueblo. 15

—Magdaleno—dijo Bernardo, y volviéndose hacia los otros agregó—Ya lo saben, mucha prudencia. Si alguien pregunta, hay que decirle que venimos a comprar ganado.

Asomaba la luna y comenzó a delinearse en la sombra 20 el relieve de las cosas, las paredes blancas, las cercas, los ojos de los gatos sobre los techos.

De una casa salía abundante luz. En llegando pudieron ver que era la pulpería.

Adentro algunos hombres charlaban y bebían. Alguien 25 se percató de la llegada de los tres forasteros. Hubo movimiento seguido de un silencio repentino, luego un hombre salió a la puerta y estuvo observando un instante a los recién llegados.

—¿Los señores son forasteros? 30

—Sí. Venimos de paso. Nos cogió la noche en el camino.

—¿Por qué no desmontan y se reposan?

Se interrumpió para gritar:

—¡¡Ah!! ¡Filiberto! ¡Ven a atender a los caballos de los señores!

Un mozo flaco salió apresuradamente y vino a tener las riendas de las bestias, que relinchaban y se sacudían libres del peso de los jinetes.

Mientras el que parecía dueño introducía los tres viajeros, afuera el mozo palmoteaba las ancas de los caballos, llevándolos al pesebre.

—¡Están rebuenos estos muérganos!

Precedidos por el dueño, entraron. Los que estaban reunidos, peones y gente de campo, los vieron entrar con aire entre insolente y temeroso.

El posadero les ofreció taburetes de cuero sin curtir para que tomaran asiento.

—¡Pues, sí, señor! Los señores se pueden reposar aquí. Esta es la mejor posada del pueblo. Aquí rancha toda la gente que pasa.

—Muchas gracias—respondió Bernardo.—También, si nos pudiera servir algo para comer, se lo agradeceríamos mucho.

—Cómo no—dijo el propietario, dando las órdenes necesarias.

Una vez instalados comenzaron a observar los individuos que los rodeaban. No había negros puros. Casi todos eran mulatos y algunos enteramente blancos. La mayoría llevaba, desnudo bajo el brazo, el machete que les servía para las faenas del campo.

Bernardo se dió cuenta de las miradas hostiles y, creyendo ganarse las simpatías, ordenó:

—Sírvanles un trago a los muchachos por mi cuenta.

El posadero fué llenando con caña del barril los diferentes vasos que formaban su ajuar. Los hombres los vaciaban de un trago. Una vez bebido el aguardiente, daban las gracias a media voz, como murmurando, se secaban los gruesos labios con el revés de la mano y escupían ruidosamente.

Bernardo tornaba a hablarles:

—Buenos muchachos, los voy a acompañar. Me voy a tirar este palo a la salud de ustedes y por Magdaleno, que es un pueblo muy simpático.

—Muchas gracias—musitaron algunos.

Después del trago de aguardiente se podía observar que la hostilidad había desaparecido en gran parte. Y mientras comían, Bernardo ordenó un nuevo servicio de aguardiente para todos los hombres.

Desaparecía por completo la anterior hostilidad. Ahora se empujaban los unos a los otros para beber primero. Un viejo zambo le preguntó a Bernardo:

—Bueno, señor. ¿Y usted, qué viene haciendo por aquí?

Al oír la pregunta los hombres volvieron a quedar silenciosos; les recordaba° la calidad de forasteros, de intrusos, de los recién venidos. Bernardo tuvo intención de responder con altanería, pero luego pensó que con dulzura y bondad podía ganárselos de nuevo.

—Ya se lo voy a decir, con mucho gusto. Nosotros somos hacendados y venimos por aquí buscando reses para comprar.

El zambo se levantó rápidamente con una ingenua expresión de triunfo en la cara.

—¡Conque a comprar ganado! ¡Y a Magdaleno! ¡Qué cosa tan rara que un amo de hacienda no sepa que el ganado se compra en el Llano! ¡Usted como° que es nuevo!

Los hombres comenzaron a reír maliciosamente. Bernardo se sintió cogido, no acertaba a desenvolverse y comprendía que la situación se hacía embarazosa.

Socorriéndolo, Fernando intervino:

—Sí, señor, a comprar ganado por estos lados. No precisamente en Magdaleno, pero sí por estos lados. Yo sí sé que donde se compra mejor es en el Llano; pero usted ¡cómo no sabe que en el Llano hay guerra!

5 El zambo, confundido, calló a su turno. El dueño de la posada habló, defendiendo a su cliente:

—El señor tiene razón. ¿A quién se le va a ocurrir ir ahora para el Llano? Y mucho menos a comprar ganado. Será para que se lo roben todo.

10 El resto de los presentes hacía burla del zambo, comentando la conversación.

—Eso es verdad. Lo que es ahorita, ahorita las cosas no están buenas. Anda° el plomo jugando garrote—comentó uno.

15 —El general Boves se ha cogido todo el Llano—concluyó otro—no hay un pedazo de sabana por donde no anden los lanceros del Diablo matando la gente y quemando los ranchos. ¡Robándose todo!

Otro alzó la voz, respondiendo vigorosamente:

20 —¡Eso no es tan así! Eso de que el general Boves anda robando... Ese es un palo de hombre. ¡Robando andan los republicanos, y los tiene espantados de tigre!

Fernando aprovechó la disputa y la exaltación para intervenir. Mintiendo, preguntó:

25 —¿Será verdad que últimamente le pegaron una gran derrota?

El más exaltado repuso:

—No crea eso. Esas son mentiras. Al general Boves no hay quien lo derrote. Ese hombre se pega a San Antonio°
30 Bendito.

—Entonces, si no es verdad que está derrotado ¿por dónde anda?

Antes de responder el hombre hizo una mueca de disgusto y duda que denunciaba su temor de hablar más de lo que prudentemente debiera. Pero al fin lo ganó el orgullo de asombrar al forastero:

—Pues, mire, nada de derrotado. Ahorita el general Boves anda con más de tres mil lanceros bien montados por la boca del Llano, entre San Sebastián y San Juan de los Morros.

Fernando se daba cuenta de que su interlocutor debía saber mucho más y se proponía sondearlo hábilmente; pero antes que terminara de hablar, del marco de la puerta que se abría a la sombra del camino surgió una voz ronca y autoritaria:

—Buenas noches. ¿Cómo° que se conversa?

Era un indio alto, fuerte, de cara enérgica y ojos penetrantes. Al solo efecto de su presencia todos enmudecieron, principalmente el que estaba hablando sobre Boves.

—¿Qué les pasa? ¿Por qué no siguen hablando?

Su voz no sufría alteración y, sin embargo, se sentía airada y amenazante.

Adelantó algunos pasos hasta situarse en medio de todos.

Los tres viajeros pudieron entonces verlo a gusto. A primera vista se comprendía que no era un peón ni un esclavo, sino un hombre libre, más aún, un hombre aureolado de un halo de energía.

Advirtiendo las tres personas sentadas retiró su ancho sombrero de cogollo de palma y saludó con dignidad.

—¿Los señores son forasteros?

—Sí—respondió Fernando.

—¿Compradores de ganado?—agregó, sonriendo con malicia.

—También.

Luego, observando que el inglés lo miraba con fijeza, dijo, señalándolo:

—Y el señor no es de aquí. El señor es musiú.

5 Mientras hablaba con los tres amigos, todos los demás fueron saliendo sigilosamente hasta dejarlos solos.

—Yo, señores, antes que me lo pregunten, voy a decírselos: soy mayordomo de una hacienda de la villa y ando por aquí buscando unos esclavos que se me fueron.

10 —Si es así—dijo Fernando con ironía—me parece que no los va a encontrar fácilmente.

—¡Quién sabe! Tal vez los encuentre ligerito.°

El hombre continuaba de pie, imponiendo su estatura maciza.

15 —Esta gente de aquí es montuna. O no hablan nada o hablan mucho y fastidian. ¿No les parece?

—No creo—opuso Bernardo.

—Y además se preocupan mucho de la guerra. Como si los esclavos pudieran perder en la guerra. No hablan de 20 más nada. Como si en la guerra se fuera a morir todo el mundo.

—Sin embargo, ya se han muerto bastantes—comentó el inglés.

El indio guardó silencio un rato y luego agregó con 25 displicencia:

—Nada más que los que se tenían que morir. ¿Ustedes quieren saber una cosa? ¡En la guerra no matan sino al que tiene miedo!

Subrayó sus palabras con una sonrisa corta, les deseó 30 las buenas noches y volvió a salir por la puerta, ahora solitaria, hacia la sombra del camino.

Los tres amigos quedaron silenciosos, impresionados.

—Este hombre es tan mayordomo—dijo Bernardo—

como yo soy cura. ¿Quién sabe a quién hemos tenido aquí?

Los interrumpió el dueño de la posada, que entraba solemnemente con un candil de carreta suspendido en la mano a preguntarles si querían acostarse en el cuarto que les había preparado. 5

Como estaban fatigados, aceptaron. Pasaron un patio plantado de árboles, donde dormían gallinas, precedidos por el candil que bamboleaba su luz de oro pálido entre la noche llena de sombras azules, bajo el río de las estrellas. Llegaron a la habitación; un cuarto largo y estrecho, en- 10 lechado de cal, con dos catres altos y una hamaca colgada de pared a pared.

El posadero, alzando la luz, iluminó todo el recinto.

—Aquí es. Que pasen buena noche. Yo duermo aquí mismo; si se les ofrece algo, no tienen sino llamarme. Les 15 voy a dejar el farol para que se alumbren.

Dejó el farol sobre el pavimento de ladrillos, y se marchó.

Los tres amigos, como no tenían otra vestimenta que la que llevaban encima, se quitaron las botas, extinguieron 20 la luz y se tendieron vestidos sobre los lechos.

La noche era silenciosa. En veces de lo lejos venía el aullido triste de un perro, o un canto de pavita, monótono y de mal agüero.

Pronto se sumergieron en el sueño. Al poco rato sólo se 25 oían las respiraciones acompasadas dentro de la alcoba.

Las respiraciones acompasadas de los otros fué lo que oyó el inglés al despertar bruscamente. Pero no, algo más había oído. Al través de la puerta se veía el patio bañado de luna. Los árboles proyectaban una perfecta sombra. Oía 30 de nuevo. Eran los cascos de un caballo; los cascos de varios caballos y muchas voces que cuchicheaban. Tuvo la idea de levantarse, avisar a los otros y salir a ver qué pasaba. Pero prefirió esperar un instante más para no obrar con precipitación. Podían ser unos arrieros que salían para aprovechar el fresco de la noche en el viaje. Las pisadas de las bestias se iban alejando y todo volvía 5 a quedar en silencio.

Se acordó del indio que había hablado con ellos antes de acostarse, y el recuerdo lo inquietó.

Un perro ladraba a la distancia y la noche quedaba tranquila. En Magdaleno solamente la luna está des-10 pierta. Tornó a dormirse, tranquilizado.

Cuando despertaron era la mañana y el sol se metía por la puerta encendiendo las paredes de cal. Se pusieron las botas y salieron al patio.

Todo estaba silencioso.

15 Caminaron casi toda la casa sin encontrar a nadie. Comenzaban a inquietarse cuando Fernando gritó desde uno de los últimos cuartos, llamándolos:

—¡Vengan! ¡Vengan acá ligero!

Hallaron al posadero amarrado y tendido en el suelo.

20 El inglés lo interrogó:

—¿Qué le pasa? ¿Quién lo amarró?

El hombre, que no estaba amordazado, respondió furiosamente:

—Esos vagabundos, que me han robado y han reclutado 25 toda la gente.

Fernando, que le veía la boca libre y no le hallaba huellas de violencia, le preguntó:

—¿Y por qué no gritó? Ahí estábamos nosotros; hubiéramos podido venir a defenderlo.

30 El hombre guardó silencio un rato; después dijo:

—Sí, es verdad. No se me ocurrió. Yo creía que a ustedes también los habían atacado.

Tanto° se le veía en el rostro que mentía, que nadie le

creyó. Bernardo, que lo observaba cuidadosamente, advirtió que las sogas que lo ataban estaban puestas sin fuerza y hasta con cuidado de no maltratarlo. Quiso dárselo a entender.

—Bueno ¿y qué hace ahí acostado en el suelo? ¿Por qué no se para?

—¡Guá! ¿No ve que estoy amarrado?

—¡Qué° amarrado va a estar usted! Menéese para que vea cómo se le cae la soga.

Viendo que no hacía ningún movimiento para desatarse, se fué sobre él y de un tirón lo dejó libre de las ligaduras, diciéndole:

—¡Usted ve! Eso lo ha podido hacer usted mismo hace rato.

El posadero volvió a guardar silencio dándose cuenta de que sospechaban de él, pero luego dijo con aparente inocencia:

—¡De verdad, hombre! Yo hasta parezco pendejo. Mire° y que no haberme dado cuenta.

Se incorporó, se sacudió con las manos la tierra que tenía en la ropa, dió las gracias y salió con ellos hasta el patio.

—Yo creo que aquí no ha quedado nadie. Esos bandidos cargaron con todo.

—¿Qué bandidos?

—¡Guá! ¿Cuáles van a ser? Los insurgentes.

—¿Los republicanos lo robaron a usted? ¿Cuándo?

—Pero ¿no está viendo, pues? ¿No me acaba usted mismo de desamarrar?—gritó el hombre casi con ira.

—¿Cómo lo sabe usted?

—¡Guá! Sabiéndolo. Ese indio que estaba anoche con ustedes, ése es el jefe.

—¿Qué jefe?

—Un jefe de ellos.

—¿Y por qué no nos lo dijo usted?

—¡Guá! Porque yo no sabía que iban a echar ninguna lavativa. ¡Para adivino, Dios!

5 Recorrieron toda la casa. Estaba intacta. No se veía el menor indicio de violencia o saqueo en ninguna parte. Las sospechas aumentaban. Tenían la convicción de que el posadero los engañaba y era un cómplice de los hombres que se habían ido.

10 Las caballerizas estaban desiertas. Los caballos habían desaparecido.

A la vista del robo el posadero se meneó los pelos, presa de la más súbita indignación.

—¡Maldita sea hasta mi alma! Me han robado una mula 15 que valía por lo muy menos trescientos pesos. ¡Que se les vuelva peste!

Verdaderos o falsos, los sentimientos de aquel hombre no les interesaban. Lo cierto era que quedaban a pie, sin medios de transporte, desorientados y a la merced de aquel 20 ventero sospechoso.

Bernardo, sin poderse contener, exclamó:

—Pero entienda que todo esto es bien raro. A nosotros no nos amarran y nos roban todo, y al posadero lo amarran, muy mal, por cierto, y no le tocan un solo perol. Porque 25 no se vaya a suponer que le hemos creído el cuento del robo de la mula.

El hombre no se atrevió a responder, calló enfurruñado, pero los ojos le traicionaban el contento.

Después de recorrer el resto de la casa regresaron al 30 mismo sitio donde la noche anterior habían comido.

—Yo siento por ustedes—dijo el dueño—todo esto que ha pasado. A mí, gracias a Dios, no hicieron sino robarme una bestia. Pero así aprenden a conocer los insurgentes.

Todos son una pila de ladrones. Por dondequiera que pasan es lo mismo.

Los tres lo dejaban hablar sin prestarle atención.

Al fin, ya más calmado, Bernardo le dirigió la palabra:

—¡Bueno! Ya nos robaron las bestias. ¿Y ahora qué podemos hacer? ¿Qué nos aconseja usted?

—¡Guá! Eso depende de muchas cosas. Por ejemplo ¿qué quieren hacer ustedes?

—Ya le hemos dicho que venimos comprando ganado.

—¡Sí, es verdad! Ya hasta se me había olvidado. Bueno, pues. ¿Para comprar ganado no pueden ir a pie?

—No. Necesitamos bestias.

—Eso es. Y para conseguir las bestias necesitan plata.

—Plata tenemos.

—Entonces eso es otro cantar. Si ustedes se van costeando por aquí hasta la pata de Yuma, allí pueden encontrar a mi compadre Nicanor, que tal vez convenga en venderles unas bestias, que las tiene muy buenas. Díganle que yo los he mandado.

Los tres amigos pensaron un instante: no había más remedio que seguir aquellas indicaciones. En consecuencia, resolvieron salir en seguida para ganar en lo posible el tiempo perdido.

Se despidieron del posadero, que los acompañó hasta la puerta.

—¿Cuánto le debemos por el hospedaje?

—Nadita, señor. ¿Cómo quiere que le cobre a una gente que han robado en mi casa?

—¡No, no, déjese de eso! ¿Cuánto le debemos?

—Ya le he dicho que nadita.

De todos modos Fernando tomó algunos pesos de plata y se los puso en la mano. El hombre dió las gracias.

—Muchas gracias. Muchas gracias, señor.

El camino de polvo amarillo se veía más amarillo éntre los árboles verdes y bajo el sol claro. Comenzaron a caminar con prisa. El posadero les decía adiós agitando la mano. Antes de cruzar por un recodo se detuvieron para 5 decirle un último adiós.

—Adiós, pues, y muchas gracias—gritaron con ironía.

No con menos° les respondió el hombre:

—¡No hay de qué! ¡Que Dios les dé buen viaje!

Y alzando más la voz:

10   —Y por si les sirve de algo, los godos andan por San Juan de los Morros y los insurgentes por La Villa.° ¡Ya lo saben, pues!

« 8 »

POR ENTRE CERROS bajos y verdes bahías de hierba desfilaba el destacamento bajo la bandera colorada. En medio, bigotazos negros y dolmán rojo, sobre un caballo zaino, el coronel Zambrano. Cabalgando a su lado, Presentación Campos.

—Pues yo, mi coronel, tenía unas tierritas por los lados de La Victoria y trabajaba en ellas. Pero vinieron los insurgentes y me las quemaron, y yo mismo me pude salvar por un milagro de la providencia. Esa es una gente muy maluca. Por eso resolví armarme con estos muchachos y salirles a hacer la guerra.

El coronel español creyó o fingió creer; se mostró contento de su decisión y del aporte de hombres y víveres que traía al destacamento, y le conservó el mando de su facción, a la cual agregó algunos veteranos de su Cuerpo.

La simplicidad de su carácter, su energía, sus reacciones rápidas y francas, pronto le ganaron admiración y simpatía entre los soldados.

El coronel Zambrano le confió sus ideas sobre la situación.

—La situación está buena para un hombre atrevido. Ahorita cualquier gallo-loco se puede montar por el pico de la botella. Si no lo cree, no tiene sino ver a Monteverde o a Bolívar, o a Boves, que hace seis meses nadie sabía quién era.

El orgullo y la ambición de Campos se exaltaban; era un hombre atrevido, capaz de grandes cosas; él también podía llegar como Monteverde, o como Bolívar, o como Boves.

—La guerra se ha puesto tremenda. En estos días los in-surgentes han hecho degollar más de mil españoles y cana-rios; pero por otro lado los estamos cobrando. Es mucho el pueblo en el que no quedan sino las piedras. Rosete
5 ha arrasado con el Túy, y Boves tiene el Llano lleno de miedo. Los insurgentes no pueden aguantar mucho tiempo. A lo más en dos meses habremos acabado con todos.

—¡Así es como es!—asentía Campos.

10 Los dos cabalgaban en medio de la larga fila que for-maba el destacamento en marcha. La masa de hombres ofrecía un pintoresco espectáculo. Adelante marchaban algunos con vistosos uniformes de milicianos españoles; pero ya detrás venían otros que sólo tenían la chaqueta,
15 o el gorro, o los pantalones; otros sin ningún arreo militar; algunos desnudos de la cintura arriba, la mayoría descal-zos; con fusiles, con machetes, con lanzas; hablándose los unos a los otros en voz alta. Los heridos en combates recientes mostraban desnudas las heridas o mal cubiertas
20 con sucios trapos sanguinolentos.

Avanzaban con ciertas precauciones por estar casi toda la región en poder de los republicanos. Adelante, a largas distancias, iban espías informándose del estado de las po-blaciones, de las fuerzas que merodeaban y de las más
25 seguras vías para llegar a los valles del Túy.

Se orientaban hacia el Sur de Aragua, por ser más se-gura la región para los realistas por la vecindad del Llano; se apartaban de los caminos transitados, viajaban a campo traviesa y acampaban con mucha frecuencia en despo-
30 blado.

Aquella tarde vino uno de los destacados a participarle a Zambrano que estaban cerca de un pequeño caserío donde no parecía haber guarnición. El coronel resolvió

ocupar el villorrio para pasar la noche, reponerse de víveres y allegar informes.

Como no temían ser atacados en el pueblo, resolvieron
entrar con la misma formación en que venían, sin pre-
pararse para combatir.   5

La aldea era pequeña. A la falda de una colina de tierra
rojiza unas cuantas edificaciones, casi todas de bahareque
con techos de paja amarilla; algunas más sólidas de tapia
y teja alrededor de un espacio desnudo que hacía de plaza
en el centro.   10

Los soldados comenzaban a desfilar por la única calle
del poblacho, cuando de lado y lado, por las ventanas de
las casas, rompieron disparos de fusiles.

Algunos cayeron, y los otros, sorprendidos y confusos,
comenzaron a replegarse en gran desorden sin acertar a   15
defenderse.

La sorpresa los desazonó. Desde las casas, de lado y lado
de la calle, los diezmaban las descargas. Las paredes hacían
completamente ineficaz el fuego con que podían responder. Ya algunos buscaban la salida del pueblo.   20

Presentación Campos, que marchaba junto con su destacamento, vió cómo éste, no habituado al ruido de las
armas, comenzaba descaradamente a huir ante los graneados disparos.

El coronel Zambrano, maldiciendo, enarboló el sable   25
desnudo y empezó a llover planazos sobre las espaldas de
los temerosos.

—¡Cobardes! ¡Vamos a entrarle al plomo!

Campos, imitándolo, se puso igualmente a contener la
desbandada.   30

—¡Natividad! ¡Cirilo! ¡Sujeten esos hombres! ¡Echen-
los para adelante!

A cada descarga caían en mayor número, lamentándose

e implorando a los santos. Los heridos se desangraban sobre la tierra, agonizando entre los pies de sus compañeros y bajo los cascos de los caballos. A cada instante un hombre abría los brazos, soltaba el arma y caía gritando.

5 El coronel Zambrano se daba cuenta de que si el tiroteo se prolongaba todos serían sacrificados inútilmente en aquella especie de trampa.

Dió la orden de asaltar las casas.

—¡Dejen los fusiles! ¡A puro machete y lanza a asaltar 10 las casas!

Los soldados abandonaron las estorbosas y lentas armas y se precipitaron al asalto de las paredes, por sobre los techos, a machetazos contra las puertas. Al esfuerzo la madera cedía y el torrente humano alcanzaba los interiores. 15 Erizado vocerío surgía, excitando la ferocidad y el desenfreno. Macheteaban los muebles, las mesas, las paredes, los heridos.

Presentación Campos excitaba sus hombres al asalto, lanzándolos contra los ranchos, que ya habían comenzado 20 a arder.

Desde una de las casas que rodeaban la plaza, por una ventana pequeña, salía un disparo intermitente que cada vez hería un hombre. Era un edificio de tapia con fuerte portón de madera, adornado de gruesos clavos.

25 Presentación Campos vió cómo desde la tronera le tumbaban un hombre, y otro, y otro, y, por último, le herían el caballo. Aquella especie de ventaja, de superioridad, de metódica destrucción le enardeció la sangre. Tomó la cabalgadura de un subalterno, se desató el correaje del 30 machete, requirió una lanza en la mano diestra, y con furia clavó las espuelas al caballo, que arrancó en un salto brusco.

Embriagaban el aire los gritos, el ruido de las armas,

el humo y el crepitar del incendio en la paja de los ranchos.

Se sentía poseído por el ansia de la destrucción. En la carrera una bala le silbó cerca del oído. Llegaba frente a la casa. Encabritó el caballo y lo hizo caracolear en todas 5 las direcciones para no ofrecer blanco al tirador oculto, mientras gritaba, fiero:

—¡Espérate, no más! ¡Ahora vas a saber para qué naciste!

Volvió a picar espuelas intentando lanzar la bestia 10 contra la puerta, pero en llegando sobre ella el animal se resistió al choque, saliéndose de la carrera por un lado. De nuevo lo castigó terriblemente con las espuelas, haciéndolo saltar y alzarse desordenadamente, hasta que, enloquecido el animal, disparándolo de nuevo contra los 15 batientes cerrados, vino a estrellarse sobre ellos en una pechada formidable que estremeció todo el edificio y a cuyo golpe la puerta se hundió, totalmente desencajada.

Quedó aturdido por la conmoción, sobre el caballo caído en el zaguán.   20

Rápidamente reaccionó, al mismo tiempo que la bestia se incorporaba. Sentía el rostro mojado. Se pasó° la mano y se la vió empapada en sangre.

Recobrados los estribos, la lanza empuñada y ya en el interior, vió un hombre que corría dificultosamente hacia 25 el fondo, intentando huir. Con gran esfuerzo procuraba escalar una pequeña pared que daba al campo.

Apresuró el caballo para alcanzarlo antes que tuviera tiempo de escapar. El hombre que escalaba el muro lo vió venir con los ojos espantados. Su aspecto debía ser 30 terrible, la cara sangrienta, los ojos airados, lleno de sudor y de tierra, tan terrible que el fugitivo lanzó un grito de angustia. Tal vez iba a hablar implorando, pero Presentación Campos, que ya estaba sobre él, con un movimiento seco le arrojó la lanza, que vino a hundírsele en el costado. El hombre se sostuvo aún un instante, luego cayó a tierra, inerte y muerto, como fruto maduro.

5 Lo vió caer y después se aflojó sobre la montura, vencido por el dolor en la frente. Sentía vértigo. Unas manos lo ayudaban a bajar de la silla. Era una mujer. Era una mujer morena que con un trapo le contenía la sangre de la herida y que decía entre dientes:

10 —¡Qué horror, se matan como animales!

La mujer lo arrastró hasta el interior; lo tendió en una cama junto a otras muchas camas, donde dormían otros hombres, y con un trapo limpio mojado en agua fresca comenzó a lavarle la herida.

15 De afuera venían los alaridos de la lucha y uno que otro disparo que quedaba resonando en los ecos, por entre las anchas paredes de la casa.

La degollina duró hasta que sólo quedaron cadáveres, y entonces comenzó el saqueo. Marchando por sobre los 20 muertos que estorbaban el paso, la soldadesca transportaba los objetos que despertaban su avidez; gallinas, cerdos, cobijas, un pedazo de espejo; desnudaban los cuerpos para robarles las vestiduras, dejando las carnes lívidas desnudas, sombríos los profundos huecos de las heridas. Las últimas 25 luces de la tarde encendían los coágulos azules.

Habían hallado aguardiente y algunos soldados comenzaban a embriagarse celebrando el triunfo.

El coronel Zambrano, en busca de Campos, llegó a la casa donde éste se encontraba. Un soldado le había re-30 ferido la salvaje acción.

Entró en el espacioso recinto llamándolo a gritos:

—¡Campos! ¡Campos! ¿Dónde está usted?

Vió en el patio el caballo con las señales del recio golpe.

Por una puerta salió la misma mujer que había cuidado al herido.

—¿Usted quién es?

—A mí me llaman "La Carvajala."

—¿Qué hace usted aquí? 5

—¡Yo! Cuidar unos heridos.

El coronel se puso a observarla en detalle y la halló de su gusto. Tenía el tipo de las mujeres del campo, un poco gruesa y pesada, pero como plena de una maternal gracia. Iba vestida de ancha enagua estampada de flores azules 10 y rojas.

—¿Usted no ha visto al hombre que montaba ese caballo?

Antes de responder, por una instintiva reacción de defensa, la mujer trató de averiguar primero las intenciones del recién venido. 15

—¿De qué hombre habla usted?

—¡Del que venía en ese caballo!

—Pero ¿quién es? Para° yo poder saber.

—¡Ah! Es para saber. Pues es un oficial mío.

—¿Oficial suyo? 20

—¡Sí, mío! Yo soy el jefe de la gente que acaba de entrar.

—Entonces sí está aquí. Pero está herido.

El coronel quiso entrar inmediatamente a las habitaciones, pero la mujer lo sostuvo por un brazo.

—No, antes que usted entre me toca a mí hablarle. 25

La dejó hacer.

—Hable, pues.

Vacilaba para decir algo que temía produjese efectos contrarios a los que se proponía.

—¡Pues ahí va! Este es un hospital. 30

—¡Ajá! ¿Un hospital de qué?

—De insurgentes. Pero no son sino unos pocos hombres mal heridos y enfermos que no pueden ni defenderse.

¡Por vida suya, no les vaya a hacer nada! Por aquí pasó una fuerza y los dejó, los dejó con unos quince hombres para que los cuidaran. Con esa gente es la que ustedes han estado peleando.

5   —¿Y aquí no hay ninguno escondido?

—No, señor. Ninguno de esos pobres puede moverse. Aquí el único que pudo coger un fusil era uno que estaba baleado en una pierna.

—¿Dónde está ése?

10   La mujer, por toda respuesta, señaló hacia la pared del fondo, donde estaba el hombre que había matado Campos. El coronel se acercó a verlo. Yacía doblado sobre sí mismo, verde, con la angustia detenida en la cara muerta.

Ella lo guió hasta la sala, donde estaban alineadas las 15 camas. Había hasta diez hombres, tendidos sin conocimiento, que no lo sintieron entrar. En el último lecho, junto a la pared, Campos parecía dormir.

Llegó junto a él y comenzó a sacudirlo para despertarlo.

—¡Epa, amigo! ¡Alza, arriba!

20   La mujer intervino:

—No, señor. Déjelo quieto. Ahora le conviene más reposarse.

El coronel lo observó un momento. Tenía la frente vendada y el traje manchado de sangre y de tierra. Daba 25 la impresión de dormir profundamente. Respiraba con fatiga por la boca abierta.

—Sí, es verdad. Tiene razón. Hay que dejarlo tranquilo. ¡Hoy se portó como un macho!

*   *   *

Presentación Campos fué abriendo los ojos lentamente. 30 Se sentía como en el aire. Las sombras que invadían el cuarto le ayudaban la vaga sensación. Carecía completa-

mente de toda noción del sitio en que se hallaba. Advertía
las otras camas que estaban junto a la suya y el relieve de
una persona sentada a sus pies. Hacía esfuerzos por recordar. Pasándose la mano por la frente palpó el vendaje.
Debía estar herido. Recordaba: la puerta, el caballo, el 5
hombre subiendo la pared...

Aquella sombra a los pies de la cama:

—¿Usted quién es?

—A mí me llaman "La Carvajala," señor.

¡Ah! era una mujer. No recordaba haberla visto.   10

—¿Qué hace usted aquí?

—Cuidarlo.

Era una buena mujer. Lo estaba cuidando.

—Muchas gracias. ¿Estoy mal herido?

—No, señor. Nada de eso. Solamente el golpe.   15

Le alegraba saberse levemente herido. Se sentía contento
de continuar en posesión de su vida vigorosa.

—Bueno ¿y se tomó el pueblo?

—Sí, señor. Hace un rato su coronel estuvo a verlo.

El no tenía ningún coronel. Andaba con el otro, pero 20
mandaba su gente. No tenía jefe.

—Yo soy Presentación Campos. Esa es mi gracia.

Lo dijo con orgullo y después guardó silencio, cerró los
ojos y quedó un rato como adormecido. Sentía gratitud por
la mujer que lo cuidaba. Deseaba poder pagarle de alguna 25
manera digna. Regalarle una onza de oro, un camisón de
zaraza. Por una rápida asociación de ideas se le ocurrió
que, acaso, aquél que había matado casi delante de ella
era su hermano o su hombre.

—¿Usted no me tiene rabia?   30

—Ningunita, señor.

—¿Ninguno de su gente ha sufrido hoy en el asalto?

—Ninguno. Yo no tengo a nadie.

Aquella respuesta lo consolaba. Se sentía como más seguro o más en confianza. Casi como si estuviera de acuerdo sobre no sabía qué cosa. "La Carvajala" veía con inquietud que el herido hablaba mucho.

5 —Mejor es que se duerma y no hable tanto, porque si no, le va a hacer daño.

El sonrió.

—¿Y si no tengo sueño? ...

Y después de un rato:

10 —Mire, yo no me puedo dormir. Si usted no quiere que yo hable, hable usted. Cuénteme algo. Cuénteme, por ejemplo, su vida.

La mujer rió con sorpresa, pero en el fondo, con halago, porque aquella curiosidad, en cierto modo, le daba im-
15 portancia a su vida.

—Ahora sí es verdad que estamos bien. ¡Ya ve! ¿Qué voy a contarle yo? Si acaso le inventaré una pila de disparates.

—Déjese de embustes y cuente.

20 Los dos quedaron en silencio; al fin, ella recomenzó:

—De verdad, verdad, no sé qué contarle. Mire, es que es difícil. Bueno, pues. ¡Uh! ¡Ah, cará! ¿Cómo es la cosa? Yo nací ... déjeme ver ... yo nací ... ¡ah, carrizo! Ya ni me acuerdo.

25 Campos gozaba oyéndola hilvanar su ingenua historia. Cerró los ojos para oírla mejor.

—Bueno. Yo nací en el Llano. Mucha sabana ... sabana ... sabaaana ... toditico plano ... planiiito ... ¡Da gusto! Pero es una muy sinvergüenza. Ya desde muchacha me
30 empezaron a picar las patas. No me hallaba. ¡Y no sé cuándo, pero cogí ese camino y me despegué! Y ándate que te andas, me caminé una porción de pueblos...

Oyéndola, se había dormido. "La Carvajala" lo abrigó con la manta y se marchó sobre la punta de los pies. Se había dormido profundamente. Todavía se erigían gritos aislados en la plaza; pero la mayoría de los hombres roncaban echados en tierra, agotados por la fatiga y la borrachera. En la sombra de la noche, los vivos y los muertos se confundían.

Todo el batallar, todo el agitarse de la destrucción, de la angustia, de la furia, del gozo, se había derrumbado en el sueño sombrío y silencioso.

Cuando el herido abrió los ojos de nuevo, una luz clara llenaba la estancia. A los pies continuaba "La Carvajala." La vió con mirada distraída, se pasó la mano por la frente, no sentía dolor y la fiebre había desaparecido. La luz, reflejada en las paredes blancas, adquiría vislumbres azules como de agua profunda.

Incorporándose sobre un brazo advirtió por primera vez los otros heridos. Todos sumidos en la modorra invencible de la fiebre. Sobre el catre más próximo estaba tendido un negro con el vientre envuelto en una faja de trapos manchados de sangre seca; más allá, un hombre con la cabeza cubierta de vendas sucias, por entre las que salían hojas verdes, y luego, en el suelo, sobre cobijas azules y rojas extendidas, yacían otros, medio desnudos, cuyas heridas no acertaba a distinguir.

"La Carvajala" lo veía inquirir con la vista sobre todo el montón de miserables y guardaba silencio esperando a que hablase.

Al fin dijo:

—Bueno. ¿Y quiénes son éstos?

El mismo miedo y las mismas precauciones que había tomado para confiarse al coronel español volvieron a intervenir en su discernimiento. Había presenciado una hazaña brutal de aquel hombre que ahora le preguntaba y temía por la suerte de los pobres seres indefensos.

—¿Por qué no contesta?

Al preguntar ardía en sus ojos una tal luz confiada y viril que ella no pudo evadir la respuesta y, como sometida por una especie de fascinación, dijo la verdad:

—Son unos insurgentes heridos.

—¡Ajá!

—¡Sí! Y yo se lo digo porque sé que no les va a hacer mal.

—¿Cómo lo sabe?—preguntó con aquella sonrisa que le desnudaba los dientes magníficos, de manera semejante a la de los animales carniceros cuando amenazan.

La mujer bajó los ojos y no respondió.

Continuaba observándolos. Los veía silenciosos, sumidos en el dolor, como muertos, carne dolorosa vestida de sufrimiento e impotencia, y no sentía lástima ni compasión, sino orgullo. Orgullo de sus fuertes músculos, de sus destructoras manos, de su vida rebelde. Los insurgentes. Aquéllos eran los hombres que él iba a destruir. Aquellos montones de carne destrozada y muda. Eran sus enemigos, carne rota y llagada. Ahora que estaba de nuevo en posesión de su robustez, que sabía que su herida era leve, los veía con desprecio. Piltrafas vencidas. No los conocía. Jamás los había visto. No sabía quién era, ni qué pensaba, ni qué había propuesto aquel hombre, tendido sobre el suelo, con la cabeza envuelta en harapos y hojas. Ni los otros. Pero habían sido vencidos. Eran la obra de destrucción de alguien que debía ser fuerte, arrasador y orgulloso como él mismo, y de quien se sentía solidario, continuador y semejante. El era prójimo del poderoso y no del débil, del destructor y no de lo destruído.

Con movimiento brusco, se levantó del lecho e inició

unos pasos para salir a la calle; pero violento oleaje de vértigo le ganó el cerebro y todo comenzó a girar a su alrededor. Creyó que iba a caer. La fatiga, la pérdida de sangre, el vértigo. "La Carvajala" vino en su auxilio y lo sostuvo. 5

Fué sólo un instante, y de nuevo volvió a sentirse firme y seguro. Dió las gracias y continuó marchando solo hasta llegar a la calle.

Recordaba vagamente el aspecto del pueblo; sólo lo había visto por breves instantes entre la furia de la pelea; 10 pero a la sola vista que ahora presentaba comprendía que había cambiado totalmente.

A todo lo largo, la única calle estaba cubierta de restos de muebles, cadáveres, montones de madera, ceniza y ruinas de casas; de los ranchos sólo quedaban estacas carboni- 15 zadas, y todo ello, a la falda de la colina roja, bajo el cielo de barro azul de la mañana hacía un contraste extraño.

Hacia el otro extremo, por entre los árboles de la plaza, se oían las voces de mando del coronel Zambrano, que organizaba su tropa. 20

Presentación Campos se dirigió hacia él. El negro Natividad venía a su encuentro.

—¿Qué hay, mi jefe? ¿Está mejor?

Le contestó con un rezongo agresivo que atemorizó al otro y lo hizo retirarse. 25

El coronel lo vió venir con la cabeza envuelta en el vendaje.

—¿Qué hay, mi amigo? ¿Ya° como que le pasó la cosa?

—Sí, ya estoy bueno otra vez.

Un negro se acercó, trayendo un caballo nuevo, enjae- 30 zado con una montura vaquera de muchos colores.

—Este lo desencamé en el pueblo para usted, mi jefe.

Sin dar las gracias, tomó el caballo y montó.

Sobre el bruto le renacían más fuertes el orgullo y la confianza.

Después de dar unas órdenes, el coronel vino a su lado.

—Bueno, ahora nos vamos ¿ah? Ya aquí no queda sino 5 el rastrojo.

—¡Nos vamos!

Pero el coronel lo veía con una persistente y maliciosa sonrisa. No atinaba a comprender a qué se debía aquel regocijo irónico.

10 De nuevo, recalcando las frases, volvía a decirle:

—Nos vamos. ¿Está seguro de que no se le olvida nada?

No comprendía, y comenzaba a molestarlo aquella insistencia.

—No sea mal agradecido. ¡Después que lo cuidaron tan 15 bien!

Ahora comprendía que el coronel hablaba de "La Carvajala." Para hacer ver que no le agradaba la insinuación enarcó las cejas y se abrió, al paso del caballo, solo, bajo los árboles de la plaza.

20 A las voces del coronel comenzaba a ponerse en marcha la montonera. Desfilaban desordenadamente cargados con las armas y con el botín del saqueo. Algunos llevaban una gallina amarrada a la cintura; otros, sobre el hombro, bajo el fusil, una colcha amarilla; otros un par de botas.

25 Presentación Campos los veía desfilar. Los hombres del coronel Zambrano, los suyos. Cambiando de posición vió allá, en la puerta de la casa, a "La Carvajala," que decía adiós con la mano a la tropa que se iba.

Con resolución rápida llamó a uno de sus hombres 30 montados:

—Venga acá. Déme ese caballo.

Tomó las riendas que le entregaba el soldado y, apresurándose, llegó adonde estaba la mujer.

Envuelto en su mirada absorta, ella lo veía acercarse.

—Móntese en ese caballo—dijo autoritariamente.

Sin responder, con obediente humildad, "La Carvajala" montó sobre la bestia y lo siguió paso a paso.

« 9 »

HECHA DE LA SOMBRA de las montañas, del viento de los ríos, de las escamas azules del cielo, llega sobre Villa de Cura la noche lenta y quieta.

Quieta y lenta sobre la ciudad empavorecida. Por la tarde, más de la mitad de la guarnición había sido destacada precipitadamente hacia San Juan de los Morros.

A lo largo de las calles sombrías se oían los gritos solitarios de los centinelas, y bajo la noche, madura de todas las estrellas, apenas si ardían una que otra luz pequeña en el poblado y algunas fogatas en la sabana abierta.

Boves invadía con siete mil lanceros. Siete mil caballos cerreros en avalancha sobre los campos, y sobre ellos, siete mil diablos feroces, y en sus manos, siete mil lanzas de frío hierro mortal.

Toda la tarde estuvieron saliendo las gentes que emigraban de miedo. La sabana se llenó del disparatado movimiento de la fuga. Solos, en masa, por distintos rumbos se iban. Angustia de los hombres por salvar su dinero. Angustia en los gestos, en las voces, en los silencios. Se iban todos. Angustia de las mujeres con el racimo de sus hijos a la espalda. Angustia de los animales. Un burrito gris cargado de niños y de muebles. En todas las carnes, en todos los ojos, en la profundidad de las almas, el amarillo resplandor del miedo.

Boves invadía.

Se abandonaba todo. La tierra, sembrada largos años;

la vieja casa, donde era dulce estarse el tiempo ocioso. Un frío viento de muerte los arrastraba. Ansiaban estar lejos, ser transportados milagrosamente por los aires. Huían descorazonados.

Boves invadía con siete mil lanceros. 5

En Villa de Cura las casas están vacías; la ciudad, desierta. Al precio de los bienes, de la comodidad, los pobladores, enloquecidos de terror, se han fugado para salvar la vida precaria.

Sólo quedan unos pocos miserables. Andan por los rin- 10 cones, buscan la sombra, temen hablar en voz alta, se percatan de sí mismos con asombro y les parece que la vida se les ha ido, fatalmente, caminando con los otros. Una mendiga, al pie de un árbol, masca lentamente una fruta, y un niño llora desconsolado, como si el mundo fuese 15 a ser destruído. Los hombres morirán, los campos serán talados, la ciudad toda arderá en un fuego nocturno, en el que se adivinarán las sombras del baile de los diablos.

Siete mil caballos cerreros en avalancha sobre los campos.

En el fondo de las casas, los viejos, los que han vivido 20 largos años y tienen las pupilas acostumbradas a la tierra, sienten que ya no podrá vivir nadie más nunca. Sienten con desesperación que los hombres ya no sabrán hacer otra cosa que destruirse mutuamente, y temen que sus vidas sean un pecado horrendo que castiga un dios im- 25 placable.

La tierra de Venezuela va a ser destruída, y los hombres huyen, huyen con la obstinación de los locos, de los empavorecidos, temiendo que el esqueleto se les vaya a escapar de la carne. 30

Los que han quedado—inválidos, mujeres valerosas, ancianos que desean morir para descansar de los horrores —no comen, no trabajan, no viven, están esperando la

muerte segundo por segundo, la sienten crecer como una
maléfica planta.

Asomados a las puertas, con la vida concentrada en los
ojos, han visto la última carreta cargada de niños que se
5 iba, la última espalda de fugitivo que se borraba en un
recodo, y las rondas de soldados republicanos que van por
las calles de la ciudad sin habitantes, y después, todo el
día, aquel gran silencio horrible de las cosas sin vida, del
cielo solitario sobre el campo inmóvil, del campo bajo el
10 cielo impasible, del viento que hace sonar las hojas.

Siete mil lanzas de frío hierro mortal.

Por la noche, la sombra se llena de fantasmas. Duendes
de tabaco rojo rompen las tejas, pasan pasos, las gallinas
alharaquean, un perro ladra como a los aparecidos. Arde
15 la luz de sebo dentro del caserón desierto, y las pocas gentes
no pueden dormir. No hay luna. Canta un gallo. Se oye la
voz del centinela, que se va dando tumbos por los ecos.
Alguien dice: "Boves viene," y una vieja, rostro de tierra
agrietada y ojos de agua tranquila, toda estremecida, se
20 persigna.

En lo abierto de la sabana, alrededor de las fogatas, los
escasos soldados de la guarnición velan y conversan. Los
resplandores de las llamas proyectan y entremezclan las
sombras en un complicado tejido.

25 Casi todos son mozos, y en alta voz chancean de manera
macabra. Cerca del fuego, uno dice al otro:

—¡Ah, mi vale! Coma bastante, porque lo que es mañana le sacan el tripero.

—¡Ah, buen pescuezo negro para un machete!

30 Hay hombres flacos del Llano, corianos de cabeza re-
donda, orientales parlanchines, hombres de Guayana. Han
venido de los cuatro confines, y la guerra los ha mezclado

y confundido. Alguien cuenta una aventura; otro, su vida;
alguno, un recuerdo que lo pone triste.

—Yo serví con el general Miranda. A ese hombre se le
enfriaba el guarapo. En aquella tropa no se peleaba nunca.
Todo el tiempo los jefes se lo pasaban en banquetes y 5
fiestas y discurseaderas. Con razón los pelaron.

Y otro replicaba:

—¡Feliz usted, viejo! Yo me mamé con el general Bolívar la campaña desde Cúcuta hasta Caracas. Ahí sí fué
verdad que hubo plomo. Por donde uno pasaba no que- 10
daba sino el muertero. Ese sí es un jefe.

Alguien adelantaba un reparo:

—A mí no me parece. Ahora le están dando mucho palo.

—¿Mucho palo? ¡Qué va, zambo; ése es mi gallo! Con
el general Bolívar voy yo donde sea.   15

Un llanero hablaba:

—¿Cuándo se acabará la guerra para irme? Tan bien°
que estaba yo antes. Tenía caballos de mi silla y no tenía
que verle la cara a nadie. Y van y me reclutan. "¡Para la
guerra, a hacerse rico!" ¡Qué rico ni qué rico! Yo, hasta 20
ahora, todo lo que he sacado es un tiro en una pata.

—¿Y con quién empezaste tú?

—¿Yo? ¡Guá! Con Boves. Que sí y que nos iba a dar
real. Que sí y que era la primera lanza del Llano.

—¿Y qué hubo?   25

—¡Guá! Nada. Me cogieron preso y me quedé de este
lado.

Un guayanés, con cara triste, describía el Orinoco a
unos soldaditos asombrados:

—¡Ay, mi hijo! El que no ha visto el Orinoco no ha 30
visto agua.

Aquellos hombres, de todos los extremos del territorio,

reunidos para la destrucción de la guerra, se hablaban con amor de sus lugares. Se destruían los unos a los otros un poco inconscientemente. Sin quererlo, se habían venido de sus tierras, y el juego con la muerte les daba la tristeza 5 de no verlas más.

Por sobre la sabana de La Villa, por sobre el fuego y las conversaciones de los soldados, flotaba la humedad del peligro, que había dejado la ciudad casi desierta.

Poco a poco se extinguieron las luces y fueron callando 10 las voces.

Dentro de cada cerebro, que el sueño iba a ganar, un débil eco cantaba, como un alerta de campana: "Boves viene," y el dormir se ahuyentaba y un calofrío sacudía la carne.

15 Los centinelas hacían su recorrido, avizores e inquietos, con el fusil listo.

Boves invadía con siete mil jinetes.

Un centinela vió tres hombres a caballo que emergían de la sombra; velozmente dió fuego a la mecha, se echó 20 el fusil a la cara y dió su grito:

—¡Alto! ¿Quién vive?

—Republicanos—respondió uno del grupo.

El hombre, apuntándolos aún, habló de nuevo:

—Desmonten de los caballos y acérquense.

25 Los tres viajeros obedecieron. Descabalgaron y se aproximaron al centinela, quien, amenazándolos siempre, los colocó delante de él y los hizo marchar a través del campamento.

Algunos soldados despiertos se levantaban a ver los tres 30 desconocidos, y ellos, a su vez, miraban con curiosidad los hombres tendidos alrededor del fuego.

Después de atravesar gran parte del terreno, el centinela y los tres hombres llegaron frente a una pequeña casa aislada: techo de paja, paredes de bahareque sin ventanas, a cuya puerta montaba guardia un soldado.

—Avísele al coronel que aquí traigo a estos tres hombres.

El ordenanza entró, cumpliendo la indicación, y salió al instante: 5

—¡El coronel, que° entren!

Pasaron al interior. Era como una caja estrecha. A un lado, las patas en X de un catre; en el centro, un cajón; sobre el cajón, un candil de aceite, cuya luz iluminaba un montón de papeles y la cara de un hombre, sentado en 10 otro cajón más pequeño; grandes bigotes, barbas cerradas y unos ojos amarillos como de vidrio. Junto al catre, al alcance de la mano, un sable de puño de plata.

Observaba los tres hombres, sobre todo a uno rubio, de patillas, que daba señales de fatiga extrema o de enferme- 15 dad. Vió al centinela, firme, aguardando.

—Está muy bien. Tú puedes irte.

Saludó, dió media vuelta y desapareció por la puerta estrecha.

Cuando quedó con los tres forasteros, tomó una actitud 20 despreocupada, sacó del bolsillo un pedazo de tabaco negro, mordió una punta y comenzó a mascar con delicia, lentamente. Estiró las piernas, se pasó la mano por el bigote y, sin dirigirse a ellos, mirando hacia la puerta, como si hablara solo, preguntó: 25

—¡Bueno! ¿Ustedes saben dónde están?

—Sí, señor—respondió uno de los tres—en la sabana de La Villa, entre tropa republicana.

—Pues, sí. Han adivinado. Este es un destacamento del ejército libertador, y yo soy su jefe, el coronel Roso Días. 30 ¿Ustedes quiénes son?

Los tres se vieron las caras, hasta que uno de ellos se adelantó y habló:

—Coronel, yo soy Fernando Fonta, hacendado de Aragua, y los señores son el capitán inglés Jorge David y Bernardo Lazola, de Caracas. Venimos buscando el ejército libertador para incorporarnos.

5 Antes de responder, el coronel tornó a observarlos un buen rato. Después, como siguiendo un impulso, los invitó a sentarse. Los tres se sentaron en tierra, sobre las piernas cruzadas.

—¡Ajá! ¿Y por qué lado vinieron?

10 Fernando contestó:

—Pues, nosotros salimos de "El Altar," una hacienda que queda por detrás de La Victoria. Llegamos a la laguna y la costeamos hasta Magdaleno, y allí descansamos para tomar informes.

15 A esa noticia, el coronel sonrió maliciosamente.

—¿Y qué les pasó en Magdaleno?

—Pues, a decir verdad, aparte de que nos robaron los caballos, no nos pasó gran cosa.

—¡Ajá! ¿Conque les robaron los caballos? ¡Mire, pues!
20 ¡Qué gente tan lavativosa! ¿Y quién se los robó?

—Parece que entre un indio raro, que llegó por la noche, y el posadero. El posadero nos dijo que era un oficial republicano.

—¡Ah, hijo e puya! ¿Conque dijo eso? Pues se lo vamos
25 a tener en cuenta. A la primera pasada por Magdaleno le pegamos candela.

—En la misma posada nos informaron de la situación de los ejércitos. Las tropas republicanas, alrededor de La Villa, y los realistas por San Juan de los Morros, con cuatro
30 mil hombres de a caballo.

El coronel sonrió de nuevo.

—¡Pues, mire! El nido de vagabundos ésos° no supo ni informarlos. Siete mil hombres es lo que tiene Boves.

¡Y sepa, para otro día que pase por Magdaleno, que ahí todo el mundo es godo!

Los tres enmudecieron, temiendo haber encolerizado al coronel Días, que continuaba envolviéndolos en la mirada de sus ojos amarillos e inexpresivos, como queriendo pene- 5 trar las intenciones tras la máscara engañosa de la fisonomía ... Fernando, de rostro moreno y simple; Bernardo, de facciones enérgicás, y el inglés, rubio y noble.

—Y usted, musiú ¿qué viene haciendo por aquí?

El inglés, que parecía no sentirse bien, contestó con 10 dificultad:

—Yo he venido a luchar por la Libertad. A colaborar con el general Bolívar.

A este nombre, la expresión de Roso Días cambió instantáneamente; del aire burlón y desconfiado que había 15 mantenido durante la conversación, pasó a grave y trágico.

Habló solemnemente:

—Yo no sé si ustedes han venido a ayudar al Libertador o si son unos espías. De todos modos, no me interesa. Si han venido de buena fe, son unos hombres, y el coronel 20 Roso Días se los agradece. Si han venido de espías, son unos brutos, porque aquí ya no hay qué espiar. Estamos en el cabo de la vela y es muy posible que mañana no duerman sino los muertos. Así es que, espías o no, mañana van a llevar plomo junto con nosotros.   25

—Hace usted mal en desconfiar—le respondió Bernardo—porque probablemente no hay nadie en el ejército de mejor fe que nosotros. Por el momento no podemos demostrárselo, pero tal vez después lo podamos. Debe usted creernos.   30

El coronel volvía a sonreír.

—Ya yo les dije que a Roso Días no le importaba nada eso, porque de todos modos los va a meter al plomo.

Después de una pausa, en la que volvió a mascar tabaco con delectación, agregó:

—Las cosas están muy feas. Boves viene empujando con una caballería invencible, y si no le paramos las patas es muy posible que se vuelva a perder la República. Todo° lo que podemos disponer de tropas se está concentrando alrededor de La Puerta. Yo no he quedado aquí sino con sesenta hombres. Si Boves nos derrota no va a haber quien lo cuente.

El capitán David, acurrucado, con la cabeza entre las manos, temblaba.

—¿Qué le pasa, musiú? ¿No se siente bien?

—No, coronel; desde por la tarde vengo sintiéndome mal; no sé si es enfermedad o cansancio.

El coronel se acercó y le palpó el rostro.

—¡Uh! Usted está mal. Tiene el cachete caliente. Venga acá y repósese en mi catre.

Y ayudándolo, empezó a llevarlo hacia su lecho. El inglés se oponía.

—No, no. Si yo estoy bien así. ¿Cómo° me va a dar su cama? No, no.

—¡Ah, cará, musiú! No sea porfiado. ¿Dónde se ha visto que un bueno y sano se acueste y un enfermo esté parado? Echese ahí y no hable más.

El inglés extendió sobre el lecho sus miembros doloridos, dió media vuelta y empezó a dormirse.

El coronel regresó al cajón que le servía de asiento.

—Esa es la falta de costumbre de andar por aquí. El que no está acostumbrado se embroma.

Y luego, siguiendo el hilo de su anterior conversación:

—Pues, mire, como le decía: Boves es el único hombre capaz de acabar con la República. Mientras ese hombre esté a caballo nos tiene en lavativa.

Fernando y Bernardo, a quienes el sueño y la fatiga dominaban, respondían sólo con movimientos de cabeza.

—Mañana hay que jugarse el resto.

Roso Días, con las piernas estiradas, escupía de vez en vez saliva negra de tabaco y se acariciaba el bigote espeso y la barba. Comenzaban a oírse los ronquidos del inglés dormido. Los otros dos, recostados a la pared, dormían también. Todo entraba en la quieta bahía del sueño. Tan sólo Roso Días, con los ojos inexpresivos, abiertos, veía la llama de la lámpara y oía el grito de los centinelas alertándose, que saltando de boca en boca daba la vuelta al campo.

Dentro del cansancio, dentro de la honda ausencia del sueño, todos continuaban en la lenta alarma.

¡Siete mil caballos en avalancha sobre los campos!

Suena una corneta. Chorro de metal que sube vertiginosamente y se duerme a ratos en anchos espacios cadenciosos. Tocan a diana. Los soldados se despiertan, ven el cielo verde claro y junto a la mano el arma, y en el arma el recuerdo de la guerra. El grito de metal invade el aire. Lo están oyendo todos, las viejas que rezan dentro de las casas, los niños, el coronel Roso Días con sus impasibles ojos abiertos, las hojas de los árboles que no se sabe si estremece el viento o la corneta. El sonido sube y se va por los montes solos y las sabanas abiertas escandalizando la mañana.

Al alarido todos se incorporaban mal dormidos, cansados, con desaliento. El cielo estaba pálido y presagioso.

Apenas había comenzado el movimiento de las gentes cuando llegó en un caballo sudoroso y lleno de polvo, a la carrera, un hombre armado.

Desmontó en el rancho del coronel; al centinela que estaba en la puerta dijo:

—Orden del cuartel general.

No hubo necesidad de que el centinela anunciara, porque al oír la voz el coronel salió a la puerta.

El jinete saludó y le alargó un pliego. Era una orden
5 para que enviara todos los refuerzos que le fuera posible. Antes de responder, Roso Días pensó un instante.

—Muchacho—dijo al fin—ya no me quedan sino sesenta hombres. ¿Qué quieres que haga? Llévate cuarenta.

Y llamando a un oficial dió las instrucciones necesarias
10 para que prepararan cuarenta hombres para salir inmediatamente.

Las órdenes se ejecutaron con rapidez, y al poco rato el destacamento estaba formado a la entrada de las calles, listo a marchar.

15 El coronel estrechó la mano al jinete con efusión.

—¡Llévatelos! ¡Con° lo que queda basta para morir como macho! ¡Llévatelos y que tengan buena suerte!

Y después, ya cuando el hombre había montado y marchaba a reunirse con la tropa, agregó no sin cierta fanfa-
20 rronería cordial y generosa:

—Y si necesitan más gente, vuelvan a pedírmela.

Y se quedó un poco conmovido viendo desaparecer entre las casas los soldaditos silenciosos que se iban hacia la muerte.

25 Cuando volvió al interior del rancho halló a Bernardo y a Fernando que rodeaban el catre donde estaba el inglés.

—¿Cómo sigue el musiú?

—Dice que se siente muy mal.

En efecto, el enfermo estaba pálido y todo el cuerpo le
30 vibraba con frío profundo.

—Ese hombre tiene calenturas—dijo el coronel—espérese ahí, que ya lo vamos a acomodar.

Saliendo, llamó al centinela.

—Consígame un chinchorro y acomódemelo como para llevar un hombre acostado.

Después volvió de nuevo a sentarse sobre su cajón y a quedar mudo.

—Ustedes saben—dijo al rato—las cosas están peores. Ahora ya no me quedan sino veinte hombres. Aquí como que no se va a salvar ni el gato. Lo que es hoy los zamuros comen de general para abajo.

Y sonriendo, como si quisiera inspirar confianza, terminó:

—¡Qué carrizo! y después de todo mejor es morirse de bayoneta que de parto. Y como nadie se muere la víspera...

El inglés tiritaba sobre el catre; Bernardo y Roso Días, silenciosos; una luz verdosa y húmeda entraba por la puerta, y Fernando oía, veía, esperaba, y una lluvia de angustia le martirizaba la carne friolenta. Comenzaba a darse cuenta de que había engranado en el juego trágico. Hasta ese momento había ido un poco fuera de la realidad. El dolor, la exaltación, el deseo de venganza, le habían impedido el pleno gozo de su conciencia. Pero ahora, reposado en cierto modo, ya lejos de la primera violenta reacción de la ira, se veía a sí mismo y comprendía que, tal vez, había ido demasiado lejos. Las palabras de aquel hombre curtido de guerras anunciando la muerte lo desalentaban, le causaban un estado de malestar. Se sentía incómodo y ansioso.

En la mañana fría, solo, entre desconocidos, era desesperante morir. Un hombre sobre un caballo, un lanzazo, y no poder huir, no poder gritar, no hallar amparo ni socorro. Era horrible.

El centinela regresaba.

—Aquí está el chinchorro, mi coronel.

Ayudado por Bernardo y Fernando, el coronel cargó al inglés hasta la puerta. Afuera, dos hombres sostenían por los extremos, sobre los hombros, un largo palo, del que pendía un chinchorro, donde con cuidado colocaron al 5 enfermo.

—Bueno, muchachos—dijo el coronel—lleven ese hombre a la iglesia, a casa del cura. Díganle que yo lo mando para que me lo cuide y lo sane.

Y luego, dirigiéndose a los otros dos:

10 —Y ustedes acompáñenlo, lo dejan° bien acomodado y vuelven.

Obedeciendo, los hombres se pusieron en marcha, escoltados por Bernardo y Fernando. Con las oscilaciones del paso el chinchorro bamboleaba fuertemente.

15 Atravesaron las calles solitarias. Desde las casas algunas gentes los señalaban al paso o salían a verlos.

—¡Miren, miren, un muerto!

—No ¡es un herido!

—No, qué va. ¡Es un muerto!

20 El cielo no acababa de ponerse azul. Se anunciaba el día lluvioso, húmedo y gris; no había sol y los cuerpos no proyectaban sino una vaga sombra diluída en el aire.

Al fin, pasando la plaza llena de árboles, pisaron las lajas del atrio, cubiertas de hojas secas. Sobre la ancha 25 puerta se alzaba la fachada gris, dominada por el campanario cuadrado y blanco.

Uno golpeó la puerta. Se sintió el eco que levantaba el ruido dentro de la vasta nave. Sonido cavernoso y prolongado. Después chirriaron los goznes y apareció por entre 30 las hojas un hombre flaco y pálido dentro de una sotana negra.

—De orden del coronel, aquí le traemos este enfermo.

—¡Ajá! Pasen.

Siguiendo al cura penetraron dentro de la iglesia. Entre las gruesas columnas flotaba espesa sombra manchada por las luces de los vitrales. Chispas dispersas iluminaban los dorados del altar o prendían reflejos en los rostros barnizados de los santos. Olía a incienso. En un rincón, junto a 5 un viejo confesonario, sobre dos bancos que prepararon al efecto, tendieron al capitán David.

Los soldados se marcharon y quedaron el cura, Bernardo y Fernando.

El cura habló primero: 10

—¿Qué tiene este hombre?

—Yo no sé. Creo que es calentura.

Tras preguntar, lo auscultó un poco, tomándole la temperatura con la mano.

—Sí, es calentura. Ahora lo hacemos sudar y se le pasa. 15 Y se marchó a preparar su remedio.

Estaban los tres solos. En el enorme recinto penumbroso se sentían mínimos y abandonados. Bernardo preguntaba al capitán cómo se sentía, pero a Fernando no le interesaba la conversación. El mismo malestar nervioso 20 que le comenzó en el campamento le continuaba ahora. Aquél podía ser su último día. Su último día dentro de una iglesia desierta, en medio de hombres desconocidos. Un egoísmo violento y cobarde se le revelaba. Había perdido su hacienda, había perdido su hermana. ¿Por qué lu- 25 chaba? ¿Por qué se había metido en aquel insoportable ambiente de tragedia? Podría haberse ido a vivir tranquilo en cualquier rincón de las Antillas. ¿Para qué la guerra, la horrible guerra? La guerra era buena para aquellos animales: Presentación Campos, Roso Días, Boves. No quería 30 morir. Quedar entre el polvo, muerto de una herida desgarrada, junto al cadáver repugnante, debajo de un caballo frío o sobre la sangre coagulada.

El cura volvía con una gran taza humeante, unas hojas y una cobija. Aplicó las hojas alrededor de la frente del inglés, sosteniéndolas atadas con un pañuelo, lo envolvió bien en la cobija y le dió a beber el cálido bebedizo.

5 El capitán se prestó a todo con docilidad y se tendió de nuevo sobre la cama improvisada. Sentía la cabeza de hierro macizo; le calaba los huesos un dolor insoportable.

—Ahora nos vamos—dijo Bernardo.

Vagamente se emocionaron al despedirse. Tal vez nunca 10 más volverían a verse. Casi tenían la seguridad de ello.

—Hasta la vista—dijeron.

Y se marcharon por entre las gruesas columnas hacia la puerta chirriante. El capitán sonrió con una triste sonrisa viéndolos irse.

15 El cura aproximó una silla, se sentó a su lado y comenzó a rezar silenciosamente su rosario.

Todo tan quieto, con tan falsas apariencias de calma y, sin embargo, se sentía que de un momento a otro podía entrar la muerte.

20 El capitán David estaba triste. Tan lejos de su Inglaterra, solo en aquel pueblo, junto al cura flaco que rezaba sin detenerse. Solo y abandonado en aquella tierra, en medio de los hombres afanados en destruirse. Solo y enfermo. Si, al menos, hubiera una mujer que lo cuidara. 25 Si estuviera la señorita Inés. Su recuerdo lo ponía aún más triste. Como la de ella, así también podía perderse su vida estúpidamente. Con los dientes temblorosos de fiebre se mordía las manos frías. Todo estaba sumido en la penumbra mortal, tan sólo había vida en los labios del cura 30 que rezaba.

¡Boves invadía con siete mil lanceros!

Cuando regresaron al campamento encontraron al coronel Días con la espada de puño de plata ceñida y dos pistolas en la faja, paseándose de un extremo al otro, como tigre enjaulado. Las manos a la espalda y la vista clavada en tierra.

Tal era su aspecto de desazón y de anormal inquietud, que prefirieron sentarse en el mismo sitio donde habían 5 pasado la noche anterior, sin decir palabra.

El militar continuó aún un rato paseándose en la misma forma, hasta que al fin, bruscamente, se plantó ante ellos.

—¿Dejaron acomodado al hombre?

Esperaban que iba a comunicarles algo muy interesante 10 y la pregunta los desconcertó. Respondieron moviendo la cabeza:

—Está bien. ¡Mejor así!

Y después de dar otras vueltas, añadió:

—En este momento se está tirando nuestro dado. Boves 15 está atacando en La Puerta.

La noticia les produjo una emoción que no sospechaban. En ese instante la suerte de ellos estaba en manos de otros hombres que podían perderla. Aquél, silencioso y tranquilo, era el momento de vida o muerte. 20

—La batalla será muy dura. De los dos lados hay coraje.

Y como concluyendo:

—¿Ustedes saben cuánta tropa tiene Boves?

—Sí—respondió Bernardo—usted mismo nos dijo que siete mil jinetes. 25

—Sí. ¿Y cuántos cree que son los nuestros?

Y sin esperar la respuesta agregó, gritándolo, mientras se paseaba aún más vertiginosamente:

—Tres mil hombres... ¡Tres mil hombres, nada más!

La afirmación del coronel sumió a Fernando en una 30 angustia incontenible. Todo lo que antes habían sido sólo amagos de temor o inquietud, era ahora miedo desatado. Se mordía el borde del traje, se acariciaba las manos, los

ojos le ardían como si fuera a llorar, sentía un grueso nudo
atravesado en la garganta. Le parecía entrever la muerte
inminente y enorme cerniéndose sobre todos ellos.

—Nos van a sacrificar—gritó al fin.

5 Bernardo quiso calmarlo.

—¡No, no! ¡Déjame! ¿Por qué? ¿Por qué nos quieren
sacrificar? ¿A quién dañamos con vivir, a quién hacemos
mal con solamente vivir? Nos van a matar a todos...

El coronel Días lo observaba con sorpresa, creyendo que
10 podía estar loco.

Bernardo le hablaba:

—¡Fernando, cállate! ¡Cállate, Fernando! Hay que ser
hombre. Ya no hay remedio.

Pero él gritaba más.

15 —Es imbécil, es estúpido que nos maten como perros,
que nos sacrifiquen como ratas. ¡Yo quiero vivir! ¡Yo
quiero vivir!

Y después, como en todas sus crisis, empezó a llorar
infantilmente.

20 Sentía odio contra el coronel, contra Bernardo, contra
todos los hombres, contra todas las cosas, contra Dios, tan
llenos de injusticia, de estupidez, de destructora fuerza.

El coronel, sonriendo, habló a Bernardo:

—¡Uh! Este como que se nos enfermó también.

25 Bernardo por señas le quería dar a entender que era
una crisis de nervios, pero ya él había resuelto consolarlo
a su manera.

—No se aflija, mi amigo. ¡Eche para adelante, y no se
aflija! Mire, de algo nos vamos a morir. Y sobre todo
30 ¿quién le ha dicho que lo van a matar? De lanza se salva
uno; de lo que no se salva ni salvándose es de enfermedad
y de médico.

El coronel insistía en sus consejos y Fernando en su

desesperación, cuando oyeron en la puerta la arrasada de un caballo que se para en seco de una carrera violenta. Un hombre entró, tan agitado y sudoroso como el que había venido en la mañana.

Vió al coronel, lo saludó, y habló con precipitación: 5
—Coronel, de orden del general Campo Elías, que aliste su gente y la tenga preparada a la entrada del pueblo. También necesito un caballo de remonta para seguir para La Victoria con unos despachos.

—¿Cómo están las cosas? 10
—Muy mal. Boves viene cargando muy duro.

Roso Días dió orden de que le prepararan un caballo al posta, le hizo servir un trago de aguardiente y, mientras el hombre bebía y se refrescaba del sudor, él se apartó a un lado como pensando en algo grave. 15

Después mandó al ordenanza a advertir que trajeran dos caballos.

Adentro todos guardaban silencio, cada quien sumido en sus propios pensamientos. Desde la llegada del mensajero, Fernando hacía lo posible por disimular sus senti- 20 mientos.

Al fin llegaron los dos caballos. El ordenanza lo avisó al coronel.

—Muy bien—respondió éste.

Y dirigiéndose al posta: 25
—¿Tú sales ya para La Victoria?
—Sí, señor, mi coronel.
—Bueno, ahí tienes la bestia. Pero te voy a dar un compañero. Yo también tengo algunos papeles que mandarle al general Ribas. 30

Tomó de sobre el cajón un puñado de papeles, que contenían relaciones de raciones y otras cosas sin importancia, hizo un lío con ellos y llamó a Fernando.

—Venga acá, mi amigo. Lo voy a mandar con el posta para que me lleve estos papeles al general Ribas, en La Victoria. Dígale también que usted tiene todas mis recomendaciones.

5 Fernando comprendió el gesto de aquel hombre rudo. Había querido salvarlo.

—Coronel, yo se lo agradezco mucho. ¿Me deja usted darle la mano?

—¡Cómo no, hijo!

10 Y le tendió su callosa y fuerte mano.

Después abrazó a Bernardo.

—Buena suerte, Bernardo. Que Dios te saque con bien.

Bernardo correspondió melancólicamente. El posta ya estaba sobre la bestia, cuyos bríos se impacientaban; Fer-
15 nando ocultó el paquete de papeles entre la faja y montó a su turno.

Desde la puerta el coronel volvió a hablarle:

—Felicidad, mi amigo; yo sé que usted no tiene miedo. Eso nos ha pasado a todos. Lo que le falta es costumbre.
20 Y cuente con Roso Días, que es su amigo, para cuando lo necesite.

Puso al galope el caballo, llevando a un lado el mensajero, y aun por mucho rato continuó viendo, con ojos manchados de lágrimas, al coronel y a Bernardo inmóviles
25 ante la puerta.

Antes que acabaran de borrarse entre los árboles que limitaban al fondo la sabana, ya el coronel había empezado a dar órdenes para organizar su pequeña tropa a la defensiva hacia la parte del pueblo que daba al camino de
30 La Puerta.

Silenciosamente, los veinte soldaditos evolucionaron sin vacilaciones. Cuando estuvieron formados, Roso Días los arengó:

—Bueno, muchachos, ahora es cuando yo cuento con todos ustedes. ¡Que no me falle ninguno! ¡En el nombre de Dios!

El pelotón se puso en marcha al través de la ciudad. Detrás cabalgaban el coronel y Bernardo.

Al sentir pasos en las calles volvían a salir apresuradamente los escasos habitantes. Los niños, los ancianos, las mujeres, las viejas rezanderas. Veían la tropa en marcha y se imaginaban que el destacamento los iba a abandonar.

Una mujer gritó:

—No nos dejen. No nos abandonen.

Y otras voces le hicieron coro y se confundieron a la suya con igual desolado timbre.

—¡Llévennos con ustedes!

—¡No nos dejen morir!

—¡Si nos abandonan, Boves nos va a matar a todos!

—¡Misericordia! ¡Por el amor de Dios, no nos dejen!

A tal punto llegó el incendio pavoroso de los gritos y las súplicas, que el jefe resolvió darles una explicación. Con voz reposada, que dominó el tumulto, habló:

—No, señor. ¡No los vamos a abandonar! ¡Nada de eso! Aquí estamos para morir defendiéndolos. Lo que pasa es que vamos a acomodarnos en la entrada porque es mejor. Lo que deben hacer es reunirse todos en la iglesia para° yo ponerles una guardia que los cuide.

No bien había terminado de hablar cuando ya las primeras gentes corrían en dirección al templo. De nuevo las voces volvían a alzarse, pero esta vez quietas y agradecidas.

—¡La Virgen del Carmen se lo pague!

—¡Dios lo guarde!

—¡Bendito y alabado sea el Santísimo!

El coronel destacó cuatro soldados para montar guardia en la iglesia y continuó con sólo dieciséis.

Bernardo, aun a pesar de ser despreocupado, comenzaba a inquietarse. Envidiaba la cobardía descarada de Fernando. Aquella tropa resultaba irrisoria. Dieciséis soldaditos para defender la ciudad y la vasta sabana. Era 5 una empresa de locos.

Cuando llegaron a la salida el coronel repartió su gente al abrigo de unas paredes; algunos tiradores puso detrás de gruesos árboles, y él y Bernardo quedaron en medio del camino haciendo de centinelas.

10 El camino se metía recto por la sabana rasa hasta desaparecer en una hondonada cubierta de vegetación, como a distancia de un kilómetro.

Desde allí hasta las primeras casas era campo abierto, mogote verde entre manchones de tierra amarilla y uno 15 que otro árbol solitario. El cielo, que había amanecido encapotado y gris, se desgarraba en grandes lagunas azules; después un haz de sol cayó sobre un pedazo de sabana y la puso clara.

Cada quien sentía lo trágico del momento y no osaba 20 hablar.

Ya bien entrada la mañana, saliendo de la hondonada, se distinguió un numeroso destacamento a pie. No traían bandera y marchaban en desorden.

El coronel, sospechando que fuese una maniobra hábil 25 del enemigo, preparó la tropa y esperó que se aproximara más aquella horda.

Cuando estuvieron cerca se pudo ver bien lo que eran: hormiguero humano revuelto y empavorecido. Llenos de barro, de sudor, de cansancio. Manchados de sangre. Al- 30 gunos daban traspiés apoyados sobre los otros. Entre dos, cargado como fardo, llevaban a uno que gemía. Los demás, con las armas colgadas a la espalda como frutas. Y en todo aquel revuelto hato de gentes nadie gritaba, nadie hablaba.

Su vista daba la evidencia de la guerra.

Roso Días se adelantó a caballo a encontrarlos. A la cabeza venía un oficial joven, sable en mano.

—¿Qué les pasa?—preguntó Días.

El oficial mostró su acompañamiento con un gesto extenuado y agregó después:

—Venimos derrotados.

—¿De dónde?

—De La Puerta.

—¿Los derrotó Boves?

—¡No! ¡Acabó con nosotros!

—¿Mucho muerto?

—Casi todos.

—¿Para dónde van?

—Nos dijeron que había fuerzas aquí, en La Villa.

Antes de responder, Roso Días paseó de nuevo su mirada por sobre el rebaño doloroso, por sobre aquellos hombres que habían batallado con heroísmo y no habían encontrado sino dolor. Sabía que su respuesta podía desalentarlos, podía dar un golpe definitivo a la escasa energía que guardaban aún sus corazones. Venían marchando desde la carnicería clamorosa en busca de reposo y seguridad, y él iba a negárselos. Temía desmoralizarlos del todo.

Al fin se resolvió:

—Aquí, en La Villa, no hay fuerzas. Yo no tengo sino veinte hombres.

El efecto de las palabras fué inmediato. Se encendieron luces de pavor en los ojos y la desesperación rasguñó las carnes. Les parecía no oír sino la voz de sus propios presentimientos. Las palabras perdían su valor significante.

Exhaustos, venían sostenidos por una ficción, ahora rota. En La Villa no podían encontrar socorro ni descanso, y carecían de fuerza para marchar más lejos. Era horrible, era inhumano.

5 Pero el joven oficial, resueltamente, les habló:

—Muchachos, aquí nos quedamos. Si está de Dios morir, ¡qué se va a hacer!

Entre los soldados nadie chistó, nadie habló, pero parecía oírse el jadeo unánime.

10 Roso Días, conmovido, tomó las disposiciones necesarias.

—Los que estén en buenas condiciones se quedan conmigo. A los heridos los llevan a la iglesia.

La horda se dividió en dos grupos. Uno con sus armas se situó a un lado, y el otro, formado por los heridos y por 15 los que los transportaban, se fué a la iglesia, guiado por un soldado de la guarnición.

Roso Días distribuyó los recién venidos en la misma forma que lo había hecho antes con los suyos. Ahora contaba con setenta hombres.

20 Volvió a situarse en medio del camino para estar alerta, acompañado por Bernardo y el oficial.

Ahora de nuevo la expectativa se hacía larga e insoportable. Tornaba a estacionarse el tiempo. Todos querrían preguntar a los recién venidos detalles sobre la inva-25 sión, pero preferían callar.

El cielo se despejaba perezosamente. El sol iba alto y su luz bañaba todas las cosas. Los ojos convergían en la hondonada del camino, de donde se esperaba que surgieran los invasores. A cada segundo el ansia ominosa crecía. Ber-30 nardo contaba: uno, dos, tres ... sin objeto, para distraer sus nervios de aquella atención insoportable. Los hombres sentían los pulsos batiendo como campanas. Los más pequeños ruidos tomaban una significación monstruosa.

¡Boves invadía!

Había quienes se atareaban en descubrir augurios. En el modo como caía una hoja planeando en el aire, en la dirección que tomaba el vuelo de un pájaro, en las formas que revestía una nube en el horizonte, creían hallar avisos 5 de que iban a morir o a ser salvados.

Sobre la sabana ancha eran un puñado de hombres entregados a la muerte.

Al mediodía el sol calcinaba la tierra amarilla y hacía vibrar el trasluz de las cosas como sobre el fuego.   10

Comenzaba a poseerlos la modorra del calor, de la fatiga, de los nervios y de la espera desesperada.

Al fin, un grito de una resonancia inhumana los estremeció a todos:

—¡Ahí están! ¡Ahí vienen!   15

De la hondonada plena de árboles comenzaban a desbordar como hormigas, como animales perseguidos, como agua incontenible, jinetes innumerables en tropel. Casi desnudos y oscuros como sus caballos, en el galope hacían una sola mancha, salvo la hoja de la lanza que el sol en- 20 cendía.

Se veían venir inminentes, campactos como atajo espantado, arrasadores como creciente.

¡Siete mil caballos en avalancha sobre los campos!

Con ojos desorbitados, los soldaditos los veían llegar, 25 irresistibles, como una fuerza de las cosas.

La tropa descargó los fusiles. Algunos jinetes cayeron. Los demás pasaban sobre ellos y continuaban.

Los tiros se ahogaban en el trueno de la caballería lanzada a la carrera furiosa. Ya no se veía la hondonada, 30 ni los árboles, ni la sabana, sino aquella mancha oscura, aquella lluvia oscura, sobre la que las lanzas ardían claras como llamas.

Y así como la ola llega y pasa sobre las piedras y prosigue, así la caballería de Boves llegó y fué a chocar contra las paredes de las casas, a lo largo de las calles, al otro extremo de la sabana.

5   ¡Siete mil lanzas de frío hierro mortal!

Bernardo, junto a Roso Días, los veía llegar, los veía llegar devorando el espacio bajo las patas de sus bestias cerreras. Bajo las patas de los caballos vió desaparecer los primeros soldados, apostados tras los árboles. Llegaban, 10 estaban sobre ellos, arracimados, abruptos, adelante las lanzas.

El coronel Días tuvo tiempo de volverse a él:

—¡Corra! ¡A la iglesia! ¡Organice la gente!

Oyó apenas, picó espuelas y se lanzó a la carrera loca. 15 Volviendo la cabeza vió a Roso Días y al oficial joven arrojarse contra la masa oscura erizada de lanzas y desaparecer; adelante venían los mismos caballos veloces y los mismos ojos ávidos.

A la puerta de la iglesia halló los cuatro soldados de 20 guardia.

Tuvo tiempo de saltar del caballo y gritarles mientras entraba:

—¡Boves llega! ¡Cierren bien las puertas!

Obedecieron.

25   La iglesia penumbrosa estaba llena de gentes. Los heridos, recién llegados, yacían sobre el suelo, y los ancianos, las mujeres, los niños, todo el resto de los habitantes, de rodillas, rodeaba al cura, que desde el altar dirigía las oraciones.

30   Independientemente del rezo en común, algunos imploraban a Dios en oraciones improvisadas, con los brazos en cruz y golpeándose el pecho de una manera desesperada.

—Dios mío, que estás en el cielo. ¡Sálvanos! ¡Sálvanos,
Dios mío!

Atravesando por en medio de la muchedumbre, Bernardo llegó junto al inglés, que continuaba echado sobre
los dos bancos, en el mismo rincón.

—¡Estamos perdidos!—le gritó al verlo—¡Perdidos!

Con el aspecto acobardado de todos contrastaba la cara
tranquila del capitán David.

—Ya yo estoy mejor—dijo.

Y haciendo un esfuerzo logró sentarse sobre el banco.

De afuera comenzaban a llegar los gritos salvajes de
los lanceros. Sin articular palabra emitían alaridos roncos
y pavorosos semejantes a los que los ganaderos emplean
para arrear el ganado y atropellarlo.

Los gritos afuera y las oraciones adentro, en la resonancia de la nave, creaban una atmósfera enloquecedora.

¡Boves invadía!

Todos los que rezaban quedaron en silencio. Golpes for-
midables resonaban en la puerta, como si abatieran contra
ella un tronco de árbol. Era un golpe monótono, repetido
en tiempos iguales y seco, que levantaba un eco prolongado
en las paredes gruesas.

Se sentía el choque de una pesada viga contra los batientes. El golpe continuo resonaba y crujían los viejos
hierros de la cerradura. Todos fijaban los ojos en aquella
puerta, que era su última defensa; en aquella puerta, que
iba a dar paso a la muerte.

Por último, con un fuerte crujido, la cerradura cedió y
las hojas se abrieron. Un oleaje de hombres se precipitó
por entre ellas, un solo grito de espanto llenó el recinto.
Los invasores abatían sus armas sobre todo lo que estaba a
su alcance: espaldas de mujer, blancas cabezas de viejo. La

mezcla de voces resurgía indiscernible: la de los que morían, la de los que rezaban, la de los que aullaban de miedo. Bamboleaba una lámpara, un pedazo de puerta cayó sobre un grupo, el cuerpo de un niño rebotó sobre el altar y echó
5 por tierra todos los cirios y las flores.

Y de pronto, todos aquellos demonios lanzados a destruir cesaron en su obra y quedaron inmóviles, viendo hacia la entrada, como todos los demás que llenaban el templo, y casi con los mismos ojos angustiados de todos
10 los demás.

Un hombre cruzaba el umbral. Sobre un caballo negro, el pelo rojizo, la nariz ganchuda, los ojos claros, en el puño sólido la lanza.

Se oyó una voz martirizada:
15 —¡Boves!

Detrás, a pie, penetró un escaso grupo de hombres recios que le hacían escolta.

El caballo negro vino a detenerse en medio de la nave.

Lo devoraban con las miradas mientras se persignaban
20 temblando de angustia. Aquél era Boves, el amo de la legión infernal, el hijo del Diablo, la primera lanza del Llano.

Bernardo y el inglés lo observaban a distancia. Tenía cierta gallardía.
25 El jinete sonreía complacido entre el miedo de la muchedumbre. Parecía gozar con el sadismo del pavor.

Entre los de la escolta, Bernardo vió un indio alto, fuerte, arrogante, con el ala del sombrero vuelta hacia arriba. Aquella fisonomía le recordaba algo. Estaba seguro.
30 Era el hombre misterioso que había hablado con ellos la noche que les robaron las cabalgaduras en la posada de Magdaleno. Hasta recordaba sus frases: "En la guerra no matan sino al que tiene miedo."

Volviéndose hacia el hombre más próximo, Boves dictó una orden breve con voz áspera.

—¡Despejen esto de los heridos y traigan música!

Los lanceros pusieron manos a la obra. Tomaban los cadáveres, los moribundos, los hombres que gemían, y haciéndolos voltear sobre sus cabezas con brazos hercúleos, los disparaban como piedra de honda, lejos, en medio de la calle. No se oía sino el golpe fofo de los cuerpos cayendo sobre la tierra.

En poco tiempo estuvo el recinto libre. Sólo quedaron adentro las gentes en pie. Entre ellos el capitán y Bernardo, que tuvieron buen cuidado de abandonar el banco y mezclarse con los otros.

Al cabo de un rato llegaron dos hombres trayendo a un guitarrero y a un tocador de tambor, con los instrumentos bajo el brazo y el pavor en la cara.

—Acomódelos, y que toquen—ordenó el jefe.

Los colocaron en un ángulo y al instante comenzaron a producir una música seca e interminable de baile negro, que se repite sobre los mismos tonos y cuya gracia la da el movimiento de los bailarines.

—¡A bailar! ¡A bailar! ¡A bailar todos!

Y los que tenían miedo y las mujeres llorosas empezaron a balancearse los unos y los otros, con movimiento torpe y constante, que traducía el dolor. Entre ellos se mezclaban llaneros ágiles, tomaban una mujer a la fuerza y la metían en el vértigo de sus danzas furiosas.

Sobre el caballo, entre la luz penumbrosa, la sonrisa fría relampagueaba por encima de todo el movimiento desatado.

Bernardo y el capitán, junto a una columna, esperaban sin bailar.

—¡Que les den palo! ¡Palo a los que no bailen!

Varios hombres llegaron hasta los que habían permanecido quietos, y a golpes con los cabos de las lanzas los obligaron a entrar en el ritmo monótono.

La música, cortada como hipo, parecía acabar y recomenzar a cada instante.

Dentro del edificio religioso, entre la luz tamizada, con la música que repetía siempre su solo motivo, ante el hombre soberbio sobre el caballo negro, aquel baile tenía algo de liturgia primitiva, de glorificación de la fuerza.

Los cuerpos se desplazaban con el mismo movimiento de balanceo insistente, regidos por los golpes iguales sobre el tambor, y parecía un solo gesto repetido al infinito con un propósito de martirio diabólico.

Un hombre tropezó a Bernardo y al capitán.

—¿Y ustedes quiénes son?

No respondieron. Se les arrastró a la fuerza hasta donde estaba Boves.

Desde lo alto los contempló un rato antes de hablar.

—¡Ajá! ¿Conque pescamos un catire? Usted ¿quién es?

El inglés pensó que responder con franqueza y dignidad sería el mejor partido a tomar en aquel trance.

—Yo soy un oficial inglés.

—¿Y anda sirviendo con los insurgentes?

—Iba a hacerlo, señor, pero una enfermedad me lo ha impedido.

—¿No quisiera regresar a su tierra?

—Todavía no, señor.

Y luego, dirigiéndose a Bernardo:

—Usted sí es criollo. Pero como que tiene cara de mantuano.

Entonces el indio arrogante intervino:

—Mi jefe, este par de hombres los encontré yo por

Magdaleno, y aproveché para traerme los caballos que tenían.

A lo que el jinete agregó con sorna:

—Y los dejaste desmontados, Benicio. Muy mal hecho.

El indio rió silenciosamente.

—Bueno—dijo Boves—la guerra se está poniendo fea. Al que no lo matan hoy, lo matan mañana. Yo los voy a sacar de penas.

Y volviéndose al indio Benicio terminó:

—Saque estos insurgentes y fusílelos. Su cabeza me responde.

Al anuncio de la muerte los dos palidecieron. Luego reaccionaron de distinto modo.

El inglés saludó y dijo:

—Gracias.

Bernardo se llenó de indignación. Todo lo posible y lo imposible acabarían para él en aquel mismo instante por una simple orden de Boves. Lo sacrificaba a él y a todo lo que estaba en él. Sueño, obra, futuro. La lucha, la patria, todo acababa. No le hubiera importado morir en la guerra, morir batallando; se le hacía angustioso perecer fríamente, sin gloria, sin esfuerzo, de espaldas a un muro, delante de ocho bárbaros que apuntan. Iba a decir algo. La música menuda y el ruido de los pies sobre las baldosas girando, como los ojos, los dientes, los cabellos, las siluetas mudas. Se sentía al borde del sueño.

Marchaba entre dos soldados.

El movimiento idéntico, mecánico, continuaba. Continuaban bailando como enloquecidos, como encarnizados contra ellos mismos, como buscándole una vía de salida al dolor, y cuando oyeron el ruido de la descarga del fusilamiento, que desde afuera inundaba la iglesia, redoblaron la velocidad de sus vueltas, queriendo caer aturdidos de vértigo, ahogados dentro de la propia carne palpitante.

Súbitamente calló el tambor y no continuó sino la guitarra sola, menuda, nerviosa.

5   —¿Qué pasa?

Y una voz ronca explicó:

—Que° el del tambor tenía miedo y le tumbé la cabeza.

En la penumbra, sobre el caballo negro, volvió a encenderse la sonrisa de Boves.

« 10 »

POR LA VENTANA curva, la mole verdosa de la campana ahogaba el paisaje. La cabeza desgreñada del centinela asomó al lado y desbordó una mirada ansiosa: hacia abajo, la torre adelgazaba, encajándose en la tierra; hacia abajo, el tejido de las calles, roto por los árboles; hacia abajo, los techos y la plaza de La Victoria; al frente, el valle abierto lleno de sembrados, y el río, y los cerros coronados de artillería.

Por entre las casas, bajo los árboles, la tropa preparada a combatir. Hacia el centro de la ciudad era más densa la aglomeración de soldados: pasaban oficiales al galope llevando y trayendo órdenes, y en medio de la plaza, junto a un asta, sobre la que se desperezaba una bandera amarilla, a caballo, las patillas negras revueltas sobre la piel pálida: el general Ribas.

Se esperaba de un momento a otro el ataque de los realistas. Fernando Fonta pasaba solo en medio del movimiento coordinado. El mismo frío miedo, los mismos descorazonadores augurios que lo habían atormentado en La Villa, lo molestaban de nuevo. Esta vez de una manera más poderosa.

Boves marchaba contra La Victoria, exterminador.

Conocía la triste suerte de todos los que había abandonado. Bernardo, fusilado; el generoso capitán David, fusilado; el coronel Roso Días, muerto en el combate. ¡Era tan fácil morir en aquellos días!

De La Villa había huído a La Victoria; pero los fantasmas del terror continuaban escoltándolo. Se daba perfecta cuenta de la cobardía suya al huir ante Boves; pero la vida le resultaba un argumento tan convincente, tan poderoso, que cualquier razón que la apoyara le parecía suficiente y buena.

En La Victoria, al principio, lo habían visto con cierta 5 desconfianza. No se veía muy justificada su venida en momentos en que hubiera sido más útil su presencia en el combate. El mismo general Ribas, al recibir los papeles, tan sin importancia, que le entregaba de parte de Roso Días, no pudo menos que sospechar que había sido un 10 pretexto para disimular la fuga. No lo habían adscrito a ningún cuerpo, estaba volante, sujeto tan sólo a las órdenes del general.

Aquella primitiva desesperación que lo había hecho lanzarse a la guerra ya estaba en gran parte apagada. Las 15 posiciones de su espíritu cambiaban pronto. Perdida su hermana, "El Altar" destruído, ya comenzaban a no dolerle tanto. Fácilmente podía imaginar que nunca habían existido, y de ese modo se proporcionaba un cínico consuelo.

20 Pero la situación actual se le imponía de una manera avasalladora. La muerte de sus dos amigos lo alcanzaba profundamente, no tanto por el dolor de haberlos perdido, como porque se sentía casi señalado para ser la próxima víctima, escogido para el cumplimiento de un sino fatal, 25 como formando parte de una serie de personas que debían ser, necesariamente, sacrificadas; como si estuviera en la víspera de su turno. Al llegar a La Victoria, su primera reacción fué de contento: se sentía salvado; pero después, el pensamiento de que los realistas atacarían la plaza co- 30 menzó a mortificarlo. Casi tornó a rezar como antes, para que la Providencia desviara a Boves hacia otro sitio.

Lleno de augurios, entre aquella gente encorajinada y deseosa de combatir, se sentía más solo y expuesto.

Había recorrido todo el sitio defendido, con la esperanza de encontrar a alguien conocido con quien hablar, a quien comunicar sus sentimientos, de quien recibir consuelo.

En un caballo claro, armado de una lanza que le habían 5 dado en la mañana, iba recorriendo los grupos de hombres que se preparaban para la batalla.

Precipitadamente se alzaban en las bocacalles parapetos y barricadas. Veteranos alistaban los cañones, otros enjaezaban sus bestias, percatándose del buen estado de los 10 aperos con recios tirones; otros probaban la resistencia del asta de la lanza, ensayándola contra un tronco de árbol. Haciendo rueda en el suelo, algunos, llenos de calma, charlaban en cuclillas.

Eran caras hoscas, fisonomías vestidas por la preocupa- 15 ción del combate y de la muerte.

Más allá, un grupo de adolescentes, con trajes de seminaristas, recibía de un hombre maldiciente una sumaria explicación del manejo de las armas.

—¡El chopo se agarra así, mire! Con la culata en el 20 hombro. ¡Eso es! ¡Pero duro, con fuerza! ¡Ah, carrizo!

Los niños, asombrados, obedecían, moviendo las armas con la torpeza de los brazos débiles. Fernando recordó su época de los claustros. La República. Porque, al fin, estaba allí para luchar por la República. Por todas las cosas que 25 antes lo habían entusiasmado.

Aquel día era decisivo. Boves podía demoler la patria recién nacida. ¿Por qué no estaba allí el general Bolívar? Fernando hubiera querido verlo. Lo conocía sólo por la fama; pero sentía profundamente que su presencia allí le 30 hubiera infundido una confianza ciega. Sentía como su presencia fantasmal en medio de todos. Los ojos imperiosos y la palabra serena.

Caía de los cerros un son de tambores y cornetas que se quebraba en el aire. Parecían los preparativos de una fiesta. De todas las alturas venían aires de clarines que revolaban sobre la ciudad agitada: sonido excitante, al
5 comienzo repetido y rápido, que moría en largas notas lentas y penetrantes.

Desde la campana, el centinela paseaba su mirada veloz: los cerros, la ciudad, el valle, y en el fondo del valle, la masa del enemigo, desplazándose. La invasión se aproxi-
10 maba lentamente en un frente compacto y ancho. Entre él y la ciudad, la tierra desierta esperaba.

Desde los cerros, los artilleros veían el pedazo de sabana que andaba. Los tiradores, apostados sobre los techos, miraban la mancha dividirse en figuras.
15 Todos veían.

Fernando veía los cerros y la piel temblorosa de su caballo, y la multitud que se acercaba.

Y más allá, los seminaristas, mudos, armaban los fusiles, iluminados por sus propios ojos milagrosos de niños ab-
20 sortos, y veían la tempestad de hombres cerniéndose.

Y en medio de la plaza, bajo las chispas amarillas de la bandera, el general Ribas disparaba sus órdenes, y veía la acometida que llegaba acelerando.

Todos veían.
25 Al frente, sobre el caballo negro—pelo rojizo y ojos claros—a la sombra de un trapo rojo, loco de aire, Boves avanzaba mirando las paredes blancas de la ciudad, cuaja-das de hombres.

Y cerca de él, el indio Benicio, silencioso, conteniendo
30 su cabalgadura. Y más allá, a la derecha, la caballería es-pesa, y a la izquierda, y a la espalda, la caballería, y sobre todas las cabezas, el resplandor de las lanzas, como si las estrellas se hubieran puesto bajas.

Y más allá de las lanzas, más caballos, y más allá, más caballos y más lanzas, y más allá, el coronel Zambrano y, a su lado, Presentación Campos, con los ojos clavados en las paredes blancas.

De uno y otro lado se tejían los alaridos de las corne- 5 tas, y a ratos se alzaban tormentas de gritos, que pasaban y se iban retumbando por entre los cerros.

Y de pronto, un bloque sólido se desprende de la masa, adelanta velozmente, pasa la tierra limpia, alcanza las primeras casas y se mete por las calles. Sobre los cerros de 10 La Victoria los cañones desatan su trueno repetido.

El tableteo de la fusilería eriza el aire. Caen los jinetes, y los caballos libres se dispersan locos. Otro alud violento se desprende de la invasión. Como detenidos por una cuerda, jinetes y caballos ruedan bajo el fuego de la fu- 15 silería.

Rodean la ciudad. Sobre el tamborear de las patas del caballo, llegan envueltos en nubes de polvo, y más altos de sus cabezas, aletean sus gritos.

De la fila se destaca otra masa de jinetes a la carrera 20 tendida, y otra, y otra. Penetran por todas las calles a un tiempo mismo y vienen a estrellarse contra los parapetos del centro.

Tras los parapetos, la tropa republicana responde con descargas cerradas. Hierve el reflejo de las armas en las 25 voces de los hombres.

Rápidamente, la calle desaparece bajo los cuerpos de hombres y caballos caídos. Pasando sobre ellos, tropezando, cayendo a su vez, llegan nuevas olas.

La avalancha irrumpe por todos lados y cierra sobre 30 el cuadrángulo de la plaza. Arriba, los cañones sacuden el aire claro.

Desde el fondo de las calles hasta los parapetos, las cargas de caballería llegan creciendo. Algunos potros fogosos saltan por sobre las líneas, y con el pecho ancho se llevan la bayoneta y el hombre que la tiene.

La ininterrumpida sucesión del ataque consume todo 5 el plomo y llega cada vez nueva. El general Ribas comprende la situación crítica y se convence de que al fin violarán las defensas y sólo quedarán las carnes desgarradas debajo de los árboles. No se atreve a hacer salir su caballería, porque teme sacrificarla vanamente.

10 Como un anillo monstruoso, se estrangula el recinto. Detrás de cada parapeto, los defensores levantan otro para ocuparlo al abandonar el primero. Contra las tablas chocan los caballos, resbalando sobre la sangre que cubre las piedras.

15 Junto a la campana verdosa, en lo alto de la torre, los ojos del centinela han visto las cargas, cerradas como un puño, deshojarse contra las barricadas, renacer más impetuosas.

Pero de súbito, al otro extremo del valle, bajo bandera 20 amarilla, divisa un cuerpo de caballería° que, animosamente, ataca en lo abierto del campo a los godos.

Para hacer frente al nuevo enemigo, las cargas contra la ciudad se hacen menos repetidas y recias.

Lo advierte el centinela, lo advierten los hombres sobre 25 los techos, lo advierte Ribas, y da una orden rápida:

—Que salga la caballería.

Precipitadamente, los hombres montan, desbocan los animales, atropellan, saltan, se abren paso y salen al campo.

30 Sobre la tierra rasa, la lucha se distribuye armoniosamente.

La carga se incrusta en el movimiento de la caballería enemiga.

Desde los muros de la ciudad, otro montón a caballo acomete arrebatadamente; la tierra se borra y viene a formar una turba convulsa y revuelta. Lanzas y patas de caballos asaetean el aire en todos los sentidos. Un lancero ve una espalda y empuja la lanza. 5

De la ciudad arrancan los destacamentos como trombas para deshacerse contra los otros en un choque escandaloso.

Los caballos van ciegos, lanzados en una fuga frenética, y contra ellos vienen los otros. Se desmoronan, se enca- 10 britan, caen sobre los lomos, encima del jinete; alzan las patas sobre las cabezas, los hierros atraviesan los cuellos delgados; prendidos por los pies a los estribos, arrastran los cadáveres, rebotando sobre las piedras.

Lanceros republicanos andan batallando con los últi- 15 mos extremos de las fuerzas invasoras al otro lado del valle. Al mismo tiempo, grupos de jinetes realistas se internan por las calles de la ciudad; pero de lado, los cruzan la lluvia de las balas, y de frente, las balas, y por encima, las balas, y los caballos llegan solos. 20

El general Ribas va de un extremo a otro. Todos los combatientes le han visto la cara pálida y terrible. Varias veces su cabalgadura se ha desplomado muerta. Golpes arrebatados de jinetes de Boves han llegado hasta la plaza y lo han visto de cerca. Alguno pensó en un esfuerzo de 25 loco: romper todas las filas y alcanzarlo con la lanza. Pero a la plaza no llegan sino potros desmontados, con la sangre fresca en la silla: la del amo y la del enemigo, mezcladas.

Círculos de jinetes remontan los cerros agudos; los des- 30 gajan los cañones; pero otros coronan la cumbre y ruedan por la falda los cuerpos de los muertos.

La batalla dura; se pelea hace dos horas, y Boves se

impacienta bajo su trapo rojo. Sus voces desprenden nuevos macizos de jinetes que van a inundar la llanura, o a internarse por las calles, o a señorear los cerros.

Fernando ve la ebullición de la batalla, y la angustia lo va ganando. La carne se le estremece. ¡Qué hondo calofrío debe dar una lanza clavada en el pecho!

—Si Boves vence, la República se pierde.

Lo sabe, pero no puede mezclarse a la batalla; algo lo sujeta inmóvil. Vanamente trata de persuadirse. Obstinadamente repite: "¿Qué me importa morir?"

A su vera, en un caballo grande, alguien se para a contemplar el combate. Faz de tabaco, la punta de la lengua mordida, el sombrero hundido hasta los ojos. Fernando lo mira disimuladamente. El hombre desmonta, busca entre los muertos y, además de la que ya tiene, recoge otra lanza y la empuña. Vuelve a montar, arroja el sombrero a tierra, se persigna, muerde las riendas para guiar con los dientes y, sosteniendo un arma en cada mano, arranca sobre el caballo brutalmente hacia la refriega. Lo ve alejarse, disminuir, romper un torbellino de jinetes trabados.

Boves se impacienta. Quiere decidir la batalla de un segundo a otro.

Ordena terminantemente:

—¡Que cargue todo el mundo!

Desde su lado, la orden es llevada velozmente a todos los extremos del campo. La orden florece en todas las bocas y va haciendo desplazar grandes masas. El trueno de los cascos llena todo el ambiente. Los lanceros que se atormentaban en la espera se precipitan a mezclarse en la vorágine. Corren los jinetes transmitiendo la orden, y las masas obscuras de caballería van avanzando. Desde lejos es impresionante aquel desplazamiento de islas humanas que transportan florestas de lanzas.

Ya hay casi tanta gente tendida en tierra como los que
se encarnizan batallando.

Fernando adivina como la proximidad de algo inminente que ya no puede eludir, como si aquel hombre que
había partido de su lado lo arrastrara invisiblemente.   5

Las visiones lo obsesionaban. Había puesto a marchar
su caballo, a marchar hacia la trágica baraúnda. Veía la
batalla sin darse cuenta de que estaba entrando en ella.
Cada vez se aproximaba más. Apenas se daba cuenta del
paso por el crujir del cuero de la montura. Se iba acer- 10
cando irremisiblemente. Era su turno.

Todas las fuerzas godas se desplazaban en un solo movimiento de ataque. En persona, sobre su caballo negro,
Boves se lanza a la carga.

Boves carga. Lentamente pasa del paso al galope, del 15
galope a la carrera. Junto a la crin desatada, el resplandor
de la lanza lo guía. Detrás, como el polvo de los cascos,
como la sombra de unas infinitas alas sombrías, toda la
caballería desbocada.

La orden va pasando de boca en boca: 20
—¡A la carga todos!
—¡A la carga todos!

Ya no hay nada quieto, ni la tierra misma, ni los árboles,
ni el aire, estremecido por los cañones, ni los muertos,
pisoteados por las bestias. Todo hierve, como las banderas, 25
que el viento quiere deshilachar.

Ya nadie es un hombre; cada quien es tan sólo una cosa
fatal que sabe destruir, que quiere destruir, que no alienta
sino para destruir.

Los ojos ya no ven venir seres humanos, sino brazos con 30
lanzas rojas, y los otros no ven tampoco venir hombres sino
brazos con lanzas, brazos rojos con lanzas rojas.

No han visto de los caballos sino las dos orejas erizadas

que flotan sobre las patas nerviosas, las dos orejas erizadas
como la lanza.

—¡A la carga todos!

El grito va desatando la avalancha, va alcanzando todo
5 y, llegando a los hombres que todavía estaban quietos
sobre la silla, llega a los extremos del campo.

Fernando avanza, se interna en la batahola furiosa fatalmente. Podría estar lejos, solo, tranquilo. La silla cruje
con el movimiento. Se encuentra en aquel paroxismo
10 desenfrenado sin quererlo, sin buscarlo. La guerra es una
cosa fea y desagradable. En la mano el asta del arma le
pesa como un cuerpo extraño; le pesa y le molesta. Le
repugna. Podría haber continuado viviendo cómodamente.
Y ahora. Todo fué un mal sueño. Las reuniones en el
15 sótano del trapiche. Bernardo. El capitán David. Inés.
¡Bernardo! ¡Bernardo! ¿Qué ha pasado? ¿Dónde están?

Ya estaba cerca, ya estaba dentro de la batalla, pero continuaba como si fuera en un paseo quieto. Bastaba con
que cualquiera de los hombres lo percibiera, con que cual-
20 quiera de los jinetes viniera sobre él. Veía el combate como
una visión de fantasma sin ruido.

La carga general despeñaba toda la caballería. En un
extremo del terreno el coronel Zambrano y Presentación
Campos esperaban. Todavía la orden no había llegado
25 a ellos.

Pasaba frente a la fila de jinetes un negro al galope
que a cada instante bandereaba el grito que hacía despren-
derse las grandes masas compactas:

—¡A la carga todos!

30 El negro iba viendo cómo los rostros se encendían al
oír su voz, cómo el movimiento se desataba loco a su paso.
Iba como un encantador diciendo una frase mágica. Llegaba al extremo último. Veía, delante de la fila de lanceros

quietos, a Presentación Campos y al coronel Zambrano, y les lanzó el grito y los vió transfigurarse. El coronel Zambrano comenzó a dar voces para preparar a sus hombres, pero, sin esperar nada más, Presentación Campos habló a los suyos:

—¡Nicolás, Cirilo, Natividad, muchachos! ¡Nos fuimos!

Y mientras los otros montaban, adelantó la bestia briosa que se alzaba en dos patas, y en medio, al campo abierto, de un tirón brutal se arrancó la blusa. Bruscamente el sol le encendió todo el torso de bronce desnudo. De la cintura hasta el pelo no tenía sino la carne, la carne y la lanza. Y así, con el tórax tallado en el aire, se volvió de nuevo hacia sus hombres, rebotando en el potro, con aspecto de loco, de forajido, de poseso, y les escupió con voz terrible:

—¡Ahora van a ver cómo pelea un héroe!

Y sin más arrasó el caballo vientre a tierra, en una carrera desaforada hacia el combate. Sus ojos veían crecer, con la proximidad progresiva, las figuras de los combatientes. Va acostado sobre el cuello del animal, las crines le foetean el rostro. Las figuras crecen. Vienen sobre él. Le entran por los ojos. Aquel lancero que se ha abierto solo sale a su encuentro. Crece tanto que ya no puede verlo sino en detalles. Los ojos y la punta fina del hierro. Siente que se harán trizas en el choque. Ya se tocan. Aprieta la lanza hasta dolerle la mano, desvía el caballo rápidamente y, haciendo tragar media arma, arranca al contrario de la montura y va a lanzarlo sobre otro jinete que llega detrás.

Frente a Presentación Campos eran lanzas, lanzas y caballos. Caballería al frente, caballería a la espalda, caballería en todo el estruendo del aire. Caballería junto a Boves y detrás de Boves. Caballería frente a Fernando.

¡Era tan estúpido morir clavado de un lanzazo por uno de aquellos demonios ebrios! ¿Por qué combatía? Las gentes a su rededor toman una realidad más precisa. Sienten los gritos y el golpe seco de los cuerpos sobre la tierra.

5 Allí, debajo de un caballo, pisado por un caballo, un hombre ensangrentado lo ve con una mirada pavorosa, con una mirada inhumana, que, por todos los gritos muertos en su boca muda, grita, que golpea y hiere por sus manos inútiles, unos ojos angustiados y feroces. Esta
10 es la guerra. Fernando se siente arrastrado, lo rodean, vienen sobre él las lanzas ávidas. Aun hay tiempo de salvarse huyendo, aun hay tiempo de irse, aun hay tiempo. Tres hombres a caballo vienen sobre él. Todavía puede huir. Todavía. Ya no. Ya no puede huir. Ya las lanzas lo
15 alcanzan. Pero mucho más fuerte que las lanzas y el fragor de los cascos, un eco ensordecedor surge dentro de él, se sale de él, lo rodea y se va gritando por todas partes: "Ciudadano Fonta°, usted es nuestro hermano." Tres hombres a caballo se abaten sobre él. Tres lanzas convergentes
20 como un halo hacia el cuerpo inerme. Lanzas y rostros feroces. Una resignación dulce lo envuelve. Tierra de la patria. Cierra los ojos y deja caer el arma. Un contacto frío, como de hielo, en la garganta, y un golpe de caída, pero como si cayera otro cuerpo. Va a hablar. Una boca-
25 nada de sangre le ahoga las palabras. Tres hombres a caballo pasan sobre el cadáver.

De nuevo todo el ataque se concentra sobre la ciudad. Los pelotones de jinetes entran con más violenta carrera por las calles, pero el tiroteo desde las casas los siega. La
30 lucha se forma como un choque de agua.

Presentación Campos hace saltar la bestia hacia uno y otro lado, como en un juego de destreza. Cuando la carrera alcanza un límite vertiginoso, asesta el arma contra la primera sombra que pasa cerca, y con el brazo de hierro soporta el tirón tremendo del otro cuerpo atravesado por la hoja. En la mescolanza gris que, vistos desde su carrera, hacen los hombres, a ratos, íntegramente clara como un relámpago, brilla sobre él una lanza; pero se tumba a un lado, o para la caballería en seco, como una ola contra una piedra, y el hachazo pasa rozándolo.

Siente una plenitud de vida como nunca antes la había experimentado. Con el arma en la mano siente hervir la vida. Su fuerza lo asegura. Vital, nervudo, ensañado, arremete.

La tierra es para que los hombres guerreen sobre ella.

La intensidad de la pelea decrece. Aun resuenan los fuertes choques de ambas caballerías, pero el ataque es menos furioso. La muchedumbre de los godos pierde elasticidad.

A la sombra de su trapo rojo, Boves ha sido herido, y así como su voz llevada de boca en boca desató toda la carga bárbara, ahora su sangre derramada apaga el fuego de la lucha.

Ya Boves no está sobre su caballo, ya no destroza lanza en mano, ya su sombra no se extiende sobre toda la caballería, ya sus ojos no acicatean; el trapo rojo lo ha visto doblarse vencido. Lo han visto todos, lo han oído todos: ya Boves no está con ellos.

El desconcierto complica el asalto de modo inesperado. Trastrueca y domina la tropa. Se hieren los unos a los otros siendo de la misma bandera. Dejan de luchar. Pierden las armas. Vuelven grupas y se van a carrera tendida gritando, enloquecidos:

—¡Boves está herido! ¡Boves está herido!

Hasta enronquecer al otro confín de la batalla.

Presentación Campos se siente envuelto por los gritos y la confusión. Oye las voces de los que caen heridos, de los que se escapan, ciegos, vociferando. Oye, pero continúa 5 alanceando todo lo que se le atraviesa por delante. No se fatiga, ni imagina que aquello pueda terminar una vez empezado. Allí pasarán los años, fogosamente, descuartizando al enemigo.

Cuerpos enteros se dan a la fuga. El esfuerzo de los re-10 publicanos se torna en victoria. Pero Presentación Campos no tiene ojos para ver a los que huyen ni para advertir la derrota; para él sólo hay jinetes, jinetes y lanzas a su rededor, contra los que descarga su furia destructora. Delante del caballo se derrumban los cuerpos vencidos.

15 Ya la mayoría de los godos se ha retirado; queda apenas un escaso número, sobre la sabana, peleando encarnizadamente. Un aceite de calma vence la vehemencia desatada del combate. Grandes claros quietos se abren entre la confusa arquitectura de la pelea.

20 Pero Presentación Campos continúa en su furia de valor. Quiere combatir, descargar infatigablemente la lanza, oír los gritos y los disparos, que ponen loco al aire.

Persiguiendo a un lancero vino a quedar casi dentro de la ciudad. Ante él se abre una calle y, al fondo, varios 25 hombres armados de fusiles. Está solo en campo raso y con el ansia de matar. Como cuando dió la primera carga, de la cintura arriba sólo tiene la carne y la lanza. Como cuando dió la primera carga, encabrita el caballo y lo empuja contra el grupo, al fondo de la calle.

30 Creciendo, el puñado de soldados le entra por los ojos.

Los soldados ven venir la carrera desbocada sobre ellos, se echan el fusil a la cara y, como un solo tiro, estallan diez disparos. El caballo rueda en la caída, y el jinete queda tendido, en medio de la calle, inmóvil, con la lanza apretada en el puño.

El aire está lleno del grito de una corneta.

« 11 »

LO ENVOLVÍA UN RUIDO sordo y poderoso, como si estuviera a la orilla del mar. Como si viniera emergiendo desde el fondo del mar hacia la superficie.

El movimiento con que había sido transportado hasta
5 entonces cambió de pronto. Empezaba a poder distinguir las voces, pero mezcladas en una niebla de ruido. Alguien, cerca, había dicho algo que no entendía. Otro más próximo lo volvió a repetir; otro, aun más cerca. No podía entender.

Por último, como si se lo estuvieran diciendo bajo en
10 el oído, se le reveló claro el sentido de las palabras.

—Bolívar viene.

Oía entre la marejada de ruido muchas voces.

—Vamos a acampar en la hacienda.

A fuerza de oírlas repetir, las palabras cobraban lenta-
15 mente significación.

—No seguimos viaje.

—El general Bolívar viene.

—Bolívar viene.

—El Libertador viene.

20 Una palabra que sonaba más clara entre las otras: Bo-lívar. Con esfuerzo enorme, como para alzar un toro, abrió los ojos. La luz lo deslumbró.

El era todavía Presentación Campos. Pero ya no estaba a caballo. ¿Y la lanza? Buscó la lanza, pero al moverse un
25 dolor espantoso lo venció. Estaba herido.

Iba en una hamaca como los heridos. Más allá de la hamaca veía el hombro poderoso del soldado que cargaba el extremo delantero del palo, y más allá otros soldados,

a caballo y a pie, con armas, y en medio de ellos, rodeados
por ellos, hombres de cara feroz, desarmados. No veía a
los que estaban hacia atrás, porque no podía volver la
cabeza. Más allá de los soldados, el campo verde y, en el
fondo, unos cerros azules.   5

No acertaba a saber dónde estaba, ni entre quiénes. Se
recordaba a caballo en la batalla, cargando con la lanza;
después aquella calle por la que se había precipitado sobre
un grupo de hombres. Recordaba haberse caído. Más nada.

Aquellos hombres hablaban de Bolívar. No oía gritos, 10
ni tiros, y estaba herido. Debía estar preso. La sola idea
de estar herido y preso lo exasperó. Quiso gritar, levantarse, huir. Intentó moverse, pero el dolor de garras
finas le hizo perder de nuevo el sentido.

*   *   *

Ahora era un dolor desagradable. Olor de trapo viejo, 15
de cueva, de mal aire. Debajo de la mano sentía la tierra
húmeda y fría. Abrió los ojos.

Estaba en la sombra. Por una ventana pequeña y enre-
jada entraba luz y se veía una rama. Estaba solo. Creía
encontrarse todavía entre los hombres extraños, y estaba 20
solo. Comenzaban a tornarle las rachas de recuerdo.

El era Presentación Campos. Estaba echado en tierra
sobre una cobija. En la tierra húmeda. "Carvajala" ¿estás
ahí? Todo silencioso. Aun cuando las heridas le dolían
profundamente, lograba articular palabras. ¡"Carvajala"! 25
Los rincones estaban cubiertos de sombra y olía muy mal.
¡"Carvajala"! Ella estaba siempre al pie de la cama. Era
una mujer buena. La habría llamado el coronel Zambrano.
¡"Carvajala"!

¡Bolívar viene! ¿Quién lo ha dicho? Recordaba haberlo 30
oído. Recordaba la hamaca, el camino. Viene. Iba a verlo.

El hombre por quien se hacía la guerra, contra quien hacía la guerra, a quien iba a derrotar. Tal vez lo habrían derrotado ya. Quizás venía preso. ¡Preso!

El era el que estaba preso. Preso y herido, en aquella
5 cueva. Lo habían hecho preso los insurgentes. Ahora lo matarían. Lo matarían y más nunca podría volver a la guerra. El mal olor continuaba molestándolo. Era un hedor particularmente repugnante.

El olor del dormidero de los esclavos. Olor de carne
10 floja y hedionda. Recordaba "El Altar."

Cuando pasaba por la puerta del repartimiento en "El Altar" olía lo mismo. Y era bajo, y grande, y obscuro, lo mismo. Y con un tragaluz pequeño. Tuvo la evidencia de estar en la hacienda. Aguzaba los ojos y reconocía la habita-
15 ción. Eran las mismas paredes. El mismo techo. Estaba en el repartimiento de los esclavos de "El Altar." Estaba tirado en el suelo, como un esclavo. Se sintió lleno de desesperación. Estaba en "El Altar." Por el ventanillo entraba la luz y una rama de árbol. La misma luz que
20 afuera iluminaba el trapiche y el campo, y las distancias verdes y solas, y la ruina negra de la casa incendiada.

—¡Esclavo cobarde!

¿Quién hablaba? Estaba sobre la tierra como un esclavo. Se veía el brazo desnudo. La carne obscura como la som-
25 bra, como la tierra, la carne florecida de heridas. La cabeza llena de ruido. Todas las avispas, todas las abejas, todos los zancudos están en la sombra; todos los zancudos, todas las avispas, todas las moscas son la sombra; todas las mariposas que empalagan; las mariposas no son la sombra, ni
30 el agua, ni los caballos, ni los relinchos de los caballos.

—¡Esclavo cobarde!

¡Ah! doña Inés. ¡Inés! Ellos creían que eran los amos,

pero el amo era él. Doña Inés que cantaba canciones de amor, don Fernando que hablaba de la República, el inglés que creía que la guerra era como sacar una cuenta. El amo era él. Podía incendiar las casas y matar los hombres. Era un macho. Yo haré real en la guerra, "Carvajala." 5

Los godos tienen una bandera colorada y gritan: "¡Viva el Rey!" Los insurgentes tienen bandera amarilla y gritan: "¡Viva la Libertad!"

Pero estaba herido y preso. Debía estar fuera, libre, con su lanza. Lo habían cogido los insurgentes. Debía estar 10 cargando delante de La Victoria.

—Espíritu Santo, ensílleme el caballo. El caballo calabozo, zaino, grande.

Caballo de coraje, bien bañado, bien peinado; caballo lindo, como mujer bien peinada, como una mujer bien 15 peinada que llega linda en un caballo lindo.

Bolívar venía. El también hubiera podido llegar a ser un gran jefe. Lo habían herido, lo tenían preso. Si estuviera sano, si tuviera tropa, si estuviera sobre su caballo, acabaría con Bolívar. Aquel hombre a quien no había 20 visto nunca. Bolívar venía. Lo habían vencido, lo habían derrotado. Se mordía las manos.

—Ustedes serán mis oficiales; yo soy el jefe.

Tan linda que subía la candela desde los ranchos de paja, en los pueblos enteros incendiados, sobre la casa de 25 la hacienda. Banderas amarillas y rojas entre las llamaradas. Toda la tierra de Venezuela ardía en la guerra. En todas las sabanas los hombres cargaban a caballo con las lanzas cerradas, en todos los confines ardían los pueblos. Estaba en el suelo, herido. Desde el Orinoco, desde el 30 mar, desde el Llano. Toda la tierra, toda el agua, todo el aire. Los hombres batallaban. La candela crece como cuando se quema una casa, y la casa crece con la candela como cuando se quema una montaña, y la montaña...

—Ahora van a ver cómo pelea un héroe.

La lanza fría en el brazo desnudo. El caballo loco bajo 5 las piernas cerradas. Ahora estaba tendido sobre la tierra húmeda. ¡"Carvajala"! ¡"Carvajala"!

Los diez hombres desde el fondo de la calle se le metían por los ojos. Todavía oía el cañón. En el ambiente lleno de voces, de ruidos, de recuerdos, se siente suavemente un 10 son de tambor como una menuda lluvia, un son de tambor que entra por el ventanillo con el sol.

Sonido de tambor que se aproxima y estremece las cosas. Voces de mando, movimiento y trote de caballos. Todo se funde en el ruido del tambor.

15 Se siente desfallecer de debilidad. Las heridas le producen un dolor exagerado. Si hubiera de morir. No; no quiere morir. No podía ir a la guerra, ni usar su fuerza, ni hacerse un jefe. Si quedara muerto como cualquier pobre soldadito cobarde en aquel sótano de esclavos. Estaba 20 hecho para andar guerreando con sol. ¡"Carvajala"! En tres peleas yo me hago jefe.

¡Bolívar viene! Aquel hombre a quien odia tanto, por cuya causa está casi reducido a la muerte. Quiere verlo. Si tuviera fuerzas, si pudiera fugarse y matarlo...

25 Afuera el tambor arrecia y domina todos los otros ruidos. Se oyen a lo lejos voces desaforadas. El movimiento de la tropa se hace más sensible.

Se siente como si desfilara caballería.

La guerra. Ya no puede ir a la guerra. Ahora está inu-30 tilizado. La guerra para ganar tierras y dominar ciudades. La guerra contra los insurgentes que hablan de cosas de locos y que serán destruídos. La guerra contra Bolívar. ¡Bolívar viene!

Allá, a lo lejos, se ve a caballo a Boves. Un hombre atrevido. Se ve a caballo a Bolívar. El no lo ha visto nunca. Una caballería firme al frente. ¡Natividad! ¡Cirilo! ¡Nos fuimos! Entrele al plomo, éntrele ligero. Los que tienen miedo se quedan, los muertos se quedan, y las manos de los muertos, y las caras de los muertos, y no le entran al plomo.

El tambor atruena en el espacio. Son cuatro, son diez, son veinte tambores golpeados furiosamente. Aquel son estremece la carne y la sangre, enloquecida en el fondo de la carne. La morena, como la sombra, como la tierra. Hieden los esclavos ¡puaj! hieden a carne hedionda, a tierra hedionda, a animal hediondo, a agua hedionda, a tierra hedionda, a mata hedionda, a día hediondo, a guerra hedionda, a cosa hedionda, hedionda, hedionda, hedionda, como los esclavos.

Se oyen voces claras que se despeñan por el hueco estrecho de la ventana y hacen resonar todo el interior.

—¡Viva el Libertador!

Viene. Presentación Campos siente que está llegando. Que en algunos instantes va a pasar cerca de él, del otro lado de la pared. Un calofrío le hace vibrar los nervios. Todas las voces, todos los tambores, todos los cascos de los caballos:

—¡Viva el Libertador!

Viene. Aquel hombre que lo ha obsesionado. Que ha obsesionado toda la tierra de Venezuela. Está llegando. Va a pasar junto a él. Podrá verlo pasar a caballo. Haciendo un esfuerzo le verá la cara por entre las rejas del ventanillo.

El griterío inunda las paredes, el techo, la sombra, y fatiga el delirio del herido. Siente el hervor de la sangre, de la sombra, de la tierra. Pasan como legiones de alas por el

aire. Todo se estremece. Comprende que está llegando
algo que no va a ver sino una sola vez en su vida. Afuera
las voces llegan al paroxismo. Rueda, rueda y crece, crece
como una rueda, y llega, llega. Se aproximan inminente-
5 mente. Resuenan junto a la pared. Llegan a la ventana.
Estallan sobre ella.

—¡Viva el Libertador!

Aquél es el momento. Lo siente llegar. Ha llegado. Está
pasando junto a él en aquel instante. Con una fuerza
10 como para llevarse diez hombres con la lanza, empieza a
levantarse. El dolor lo atraviesa. Se alza lentamente. Se
va incorporando. Le parece flotar entre los gritos. Está
llegando. Va a verlo. Va a verlo a él. Está llegando. Está
llegando a él. Ya. Ahora. ¡Ya!

15 —¡Viva el Libertador!

Ya los gritos resuenan como dentro de él mismo. Sus
ojos lo verán. ¡Ahora van a ver cómo pelea un héroe! Está
en cuclillas en el suelo. Penosamente, lentamente, inacabablemente su mano ha ido remontando, como una cabeza
20 de serpiente, hasta que los dedos verdosos de palidez se
cerraron sobre el barrote. Aun falta. La tempestad de
voces lo zarandea. El chorro de luz le baña la garra con-
traída sobre el hierro. Ya sus dedos lo están viendo. Continúa el esfuerzo con una infinita calma dolorosa. Sube.
25 Ya va a llegar. Falta apenas un tirón más. Todos los tambores giran en el espacio pintarrajeado. Los gritos socavan
la tierra. Llega. Llega. Va a verlo. Todos los tambores y
todos los gritos vuelan. Está allí. Ya sus ojos rozan el borde
de la ventana. ¡Aun más! Un infinito frío lo golpeó de
30 pronto. El sótano se llena de colores vertiginosos. ¡Don
Fernando! ¡Doña Inés! Los tambores han saltado dentro.
¡"Carvajala"! Va a llegar. Un gran frío le cala el dolor

de las heridas. ¡A la carga todos! Todavía era Presentación
Campos. ¡A la carga todos!

Suavemente dejó resbalar la mano de la reja, y fué a
desplomarse, sobre la tierra húmeda, la carne pesada de
muerte.   5

Notes

Page 19, line 5   **orgullosos.** Spanish frequently uses predicate adjectives as adverbs.

line 7   **Páez,** José Antonio, 1790–1873, Venezuelan general and lieutenant of Bolívar. His army of **llaneros** was a decisive factor in the final liberation of Venezuela in 1823. In 1830, upon the separation of Great Colombia into the present republics of Colombia and Venezuela, Páez was made President of Venezuela. He was an active force in Venezuelan politics until 1863.

line 13   **godo,** *Goth.* Since the time when the Goths ruled Spain before the Moorish conquest in 711, **godo** means, in Spain, *aristocratic, of ancient and noble family.* In colonial Spanish America, on the other hand, it came to mean *Spanish, loyalist,* and *conservative.*

line 15   **se la podía ganar** = **lo podía vencer.**

line 21   **repartimiento de esclavos,** *slave quarters.* The action of *Las lanzas coloradas* begins in 1806. Some provisions were made for the emancipation of slaves in 1821, but complete freedom was not attained until after 1854.

Page 20, line 8   **Espíritu Santo,** *Holy Ghost,* is an example of the extremely religious names sometimes given to negroes. Others in this novel are **Presentación,** referring to the presentation of Jesus in the Temple, and **Natividad,** *Nativity,* referring to the birth of Jesus.

line 16   **lo bueno,** *the good part.* The neuter article **lo,** used with adjectives and adverbs, gives them the quality of an abstract noun: **lo pri-**

mero, *the first thing;* lo peor, *the worst of it;*
lo tierno, *the tenderness;* lo hondo, *the depth.*

Page 20, line 19 no fuera nada, *might do no good.* The meaning of the whole sentence is that while it
might be ineffective to make the sign of the
cross before the devil, or to throw water on a
fire, there was no question of the effect of
saying: "I am Bolívar" to Matthias.

line 28 Presentación. See Notes, page 20, line 8.

line 29 Buen día is more usually expressed as buenos
días, *good day, good morning.*

Page 21, line 11 si often has the intensive force of *but, why.*

line 11 ahorita. Spanish uses diminutive endings to
express not only smallness, affection, and intimacy, but also with intensive force. The endings are found attached to nouns, pronouns,
adjectives, adverbs, and even prepositions. So
ahorita mismo, *this very minute,* is more em-
phatic than ahora mismo, *right now;* ningunita means *not a bit;* de verdadita, *to tell
the honest truth;* toditico, *every last bit;*
planito, *very, very flat.*

line 12 tenías . . . cuentos = hace una hora que
estás echando cuentos.

Page 22, line 6 las bocas blancas = los dientes blancos.

line 9 tratamiento, *title.* Don and doña, which have
no English equivalents, are titles of affection
and respect.

Page 23, line 11 El Altar is the name of the plantation.

Page 24, line 8 Natividad. See Notes, page 20, line 8.

Page 25, line 10 fué haciendo surgir, *she brought forth gradually;* literally *she went making come forth.*
Ir, andar, quedar, and seguir are used with
the present participle, stressing the idea of
gradual or continual action.

line 25 en viéndolo, *on seeing him.* After the preposi-
tion en, the present participle is sometimes
found. After other prepositions, the infinitive
must be used.

Page 25, line 31 **sentáronse** = **se** **sentaron**. Object pronouns, normally attached to the infinitive, the present participle, and the affirmative command forms, are also found, in literary usage, attached to tense forms.

Page 26, line 16 **sí** is used to give emphasis to the verb or to some other element in the phrase. **Sí es . . . bello,** *it* IS *. . . beautiful;* **ella sí,** SHE *does.*

line 31 **cuando la guerra. Cuando** is used colloquially in Spanish America to mean *at the time of.* **La guerra** was the Peninsular War, when English troops helped the Spanish people to fight against and finally repel the Napoleonic invasion.

2

Page 28, line 11 **se iba penetrando . . . de,** *went on absorbing.* See Notes, page 25, line 10.

line 17 **el "usted" de los padres.** Only the most distant and formal parents would use **usted** instead of **tú** in speaking to their child.

Page 30, line 7 **procesión.** On religious holidays statues of the saints are often carried in procession through the streets.

3

Page 34, line 17 **Capitanía General,** *Captaincy General.* Colonial Spanish America was divided originally into the Viceroyalties of Peru and of New Spain (Mexico). Later, the Viceroyalties of La Plata (Argentina) and of New Granada (Colombia) were established. Secondary administrative groups, formed in the eighteenth century, were the Captaincies General of Cuba, Guatemala (Central America), Chile, and Venezuela. The latter was established in 1777.

Page 35, line 3 **gustoso,** *willing(ly).* See Notes, page 19, line 5.

Page 35, line 8 **Derechos del Hombre y del Ciudadano,** *The Declaration of the Rights of Man and of the Citizen,* a manifesto issued in 1789 by the Constituent Assembly in the French Revolution. The Declaration states the fundamental principles that inspired the Revolution. It was directly influenced by the American Declaration of Independence.

line 12 **Nariño, Antonio,** 1769–1822. One of the organizers of Colombian independence, he was made dictator of Colombia in 1813.

Page 38, line 4 **un canto de espejo nocturno,** *a song mirrored in the night.*

4

Page 41, line 26 **Jueves Santo,** *Holy Thursday,* the day before Good Friday, which commemorates the crucifixion of Jesus.

Page 45, line 13 **toditos.** See Notes, page 21, line 11.

line 24 **tiene que haber mucho muerto = muchos tendrán que morir.**

Page 46, line 3 **treinta cabezas de españoles.** This offer, to promote soldiers according to the number of Spaniards they killed, was actually made by Colonel Antonio Nicolás Briceño, a Venezuelan officer in the Colombian army.

5

Page 47, line 1 **no hay sino . . . abajo = hay que estar arriba o abajo.**

Page 48, line 31 **Que.** In exclamations and questions, an introductory **que** is frequent in Spanish. It stands for **es que, digo que, vea que,** etc., and it should not be translated.

Page 50, line 12 **lo tierno, lo hondo.** See Notes, page 20, line 16.

line 19 **un ser . . . otro = el ser más extraordinario que jamás había visto.**

line 23 **las hay,** *there are.* In answering a question

containing a noun object, Spanish repeats the object in the form of an object pronoun, which should not be translated.

Page 51, line 2 **Titania** is the Queen of the Fairies in Shakespeare's *A Midsummer Night's Dream*. **Miranda** is the daughter of the magician Prospero in *The Tempest*. The quoted lines are from Shakespeare's Sonnet XX:

A woman's face with Nature's own hand painted
Hast thou, the master-mistress of my passion;
A woman's gentle heart, but not acquainted
With shifting change, as is false women's fashion;
An eye more bright than theirs, less false in rolling,
Gilding the object whereupon it gazeth . . .

line 19 **Drury Lane** is one of the most famous theaters in London. The original theater was built in 1663, and it and successive buildings have played a leading part in English theatrical history. **Madame Récamier,** 1777–1849, was a leader in the literary and political circles of the early nineteenth century. Her Paris salon was one of the chief resorts of fashionable society. **Jorge Brummel,** George Bryan Brummel, 1778–1840, known as Beau Brummel, was an intimate of the Prince of Wales (afterward George IV), and the ruler of fashion in the early years of the nineteenth century.

line 23 **un ojo . . . cosas.** See Notes, page 51, line 2.

6

Page 58, line 1 **lo era.** See Notes, page 50, line 23.
Page 59, line 9 **es corriendo** = quiero que corras.
Page 61, line 14 **Hasta . . . trabajo** = El trabajo termina hoy.
Page 62, line 3 **Jesús.** See Notes, page 20, line 8.
Page 65, line 28 **Los de abajo, que se acomoden,** *Let those beneath get used to it.* A clause in the subjunctive, preceded by que, expresses an indirect command.

7

Page 71, line 18 **serán.** The future tense is used in Spanish to indicate probability or possibility in present time.

line 20 **Dígame eso del papel moneda,** *Take that business of the paper money.* See Introduction, page 15.

line 24 **muy franchute y muy todo lo que quieran,** *very French and all the rest of it.*

Page 72, line 28 **que lo digan.** See Notes, page 65, line 28.

line 31 **estén . . . eso,** *things warrant such an action.*

line 33 **¡para que no digan (que yo sea mezquino)!**

Page 76, line 29 **yo sí.** See Notes, page 26, line 16.

Page 77, line 18 **La casa . . . techos,** *The roof of the owners' house had fallen in.*

Page 78, line 15 **por toditico eso,** *all over the place.* See Notes, page 21, line 11.

line 20 **¡Tan buena que era! = ¡Qué buena era!**

line 25 **Las Tres Divinas Personas** are the Father, Son, and Holy Ghost.

line 26 **el gran bandido ése.** The demonstratives occasionally follow the noun, for emphasis, and often, as here, with scornful effect.

line 29 **se callan = cállense.** Sometimes forms of the present indicative are used with the force of an imperative.

Page 83, line 18 **les recordaba . . . venidos = les recordaba que los recién venidos eran forasteros e intrusos.**

line 29 **Usted como que es nuevo = Usted debe ser nuevo.**

Page 84, line 13 **Anda el plomo jugando garrote,** *There's a lot of lead flying around.*

line 29 **San Antonio Bendito,** *Blessed Saint Anthony,* who lived in the desert and resisted all the attacks and temptations of the devil.

Page 85, line 14 **¿Cómo que se conversa? = Ya veo que están conversando.**

Page 86, line 12 ligerito, *very quickly.* See Notes, page 21, line 11.

Page 88, line 33 Tanto se le veía en el rostro que mentía, *It was so clear from his face that he was lying.*

Page 89, line 8 ¡Qué amarrado va a estar usted! = ¡Claro que usted no está amarrado!

line 18 Mire y que no haberme dado cuenta, *Imagine my not having noticed it.*

Page 92, line 7 no con menos = con igual ironía.

line 11 La Villa is the town of Villa de Cura, the scene of the action of Chapter 9.

8

Page 97, line 22 se pasó la mano (por el rostro).

Page 99, line 18 para yo poder saber = para que yo pueda saberlo.

Page 105, line 28 ¿Ya como que le pasó la cosa? = ¿Ya está mejor?

9

Page 111, line 17 Tan bien que estaba yo. See Notes, page 78, line 20.

Page 113, line 6 que entren = manda que entren.

line 32 ésos. See Notes, page 78, line 26.

Page 116, line 5 Todo . . . tropas, *All the troops at our disposal.*

line 20 Cómo me va a dar = Por qué me quiere dar.

Page 118, line 16 Con lo que queda basta = Nos quedan bastantes soldados.

Page 120, line 10 lo dejan . . . vuelven = déjenlo . . . vuelvan. See Notes, page 78, line 29.

Page 127, line 24 para yo ponerles = para que yo les ponga.

Page 138, line 5 Que. See Notes, page 48, line 31.

10

Page 144, line 20 un cuerpo de caballería. These were troops of General Campo Elías, which by their flanking attack relieved the besieged republican forces of General Ribas.

Page 150, line 18 **Ciudadano Fonta.** Fernando is thinking back to his first meeting with the young republicans in Caracas. See page 33, line 33.

Cuestionario

1

(1) ¿Qué estremeció a las negras? (2) ¿A quién había ido a buscar Espíritu Santo? (3) ¿Qué había prohibido el amo que dijeran los esclavos? (4) ¿Cuál era la actitud de Presentación para con los esclavos? (5) ¿Qué palabra estaba en el pensamiento de todos? (6) ¿Qué gritos interrumpieron el cuento del capitán David?

2

(1) ¿Cómo había sido la infancia de Fernando? (2) ¿Para qué fué Fernando a Caracas? (3) ¿Cómo llegó a conocer a Bernardo? (4) ¿Qué traición había hecho Miranda?

3

(1) ¿Por qué los dejó pasar el mozo corpulento? (2) ¿Qué le dijeron a Fernando sobre Venezuela? (3) ¿Por qué tuvo tanta dificultad Fernando en seguir la discusión sobre la igualdad? (4) ¿Qué rezó a Dios Fernando aquella noche?

4

(1) ¿Qué había pasado en la capital después de salir Fernando? (2) ¿Cómo ayudó el terremoto a los godos? (3) ¿Qué había oído decir Fernando de Simón Bolívar?

5

(1) ¿Por qué le gustó tanto Presentación al capitán David? (2) ¿Por qué le molestó a Fernando saber que el capitán le había dado un regalo a Presentación? (3) ¿Qué música le recordó su patria al capitán David? (4) ¿Cómo mostró Inés su ignorancia? (5) ¿Qué cosas románticas y banales le dijo a Inés el capitán David? (6) ¿Por qué se puso a llorar Inés? (7) ¿Para qué fueron Fernando y el capitán David al pueblo?

6

(1) ¿Qué hizo Presentación a un negro que dormía? (2) ¿Por qué odiaba a los esclavos? (3) ¿Por qué despreciaba a Fernando?

(4) ¿Por qué mandó Presentación que tocaran la campana?
(5) ¿Qué le pasó al negro que protestó contra la orden de Presentación? (6) ¿Qué palabras hicieron que Presentación se volviera?
(7) ¿Por qué quería matar a Inés? (8) ¿Qué duda no podían resolver los oficiales de Presentación? (9) ¿Por qué se hizo realista Presentación?

7

(1) ¿Qué estaban discutiendo los hacendados? (2) ¿Qué debían hacer los que querían irse a la guerra? (3) ¿Qué frase repetía sin fin Fernando al saber la noticia de "El Altar"? (4) ¿Por qué atacó Fernando a Espíritu Santo? (5) ¿Qué no pudo comprender el capitán David? (6) ¿Qué resolución súbita tomó Fernando? (7) ¿Qué mandó hacer Bernardo para ganarse la amistad de los peones de la pulpería? (8) ¿Por qué se sintió cogido por un momento Bernardo? (9) ¿Quién entró para imponer silencio a los peones? (10) ¿Qué oyó el capitán David al despertarse durante la noche? (11) ¿Cómo hallaron al posadero a la mañana siguiente, y por qué sospecharon de él? (12) ¿Por qué no quería cobrarles nada el posadero?

8

(1) ¿Qué error hizo la tropa realista al entrar en un villorrio?
(2) ¿Cómo logró entrar Presentación en la casa? (3) ¿Qué le pasó a Presentación después de matar al tirador? (4) ¿Qué hacía "la Carvajala" en el villorrio? (5) ¿De qué quería estar segura "la Carvajala" antes de dejar entrar al coronel? (6) ¿Qué pregunta irónica le hizo a Presentación el coronel Zambrano?

9

(1) ¿Qué clase de gente había quedado en Villa de Cura? (2) ¿De qué ruidos se llenaba la noche? (3) ¿De qué hablaban los soldados? (4) ¿Qué parecían decir los ecos? (5) ¿Qué dijo de Magdaleno el coronel Días? (6) ¿Por qué dejó el coronel que se quedaran los tres desconocidos? (7) ¿Qué tenía el capitán David? (8) ¿Qué le pidió al coronel el Cuartel General? (9) ¿Por qué llevaron el capitán David a la iglesia? (10) ¿Por qué mandó el coronel que Fernando acompañara al mensajero? (11) ¿Qué creían los habitantes al ver desfilar la tropa? (12) ¿Qué noticias de La Puerta trajeron los soldados? (13) ¿A dónde llevaron los

heridos? (14) ¿A quién reconoció Bernardo entre la escolta de Boves? (15) ¿Cuál fué la primera orden de Boves? (16) ¿Cómo reaccionaron Bernardo y el capitán David a la orden de muerte? (17) ¿Por qué calló el tocador de tambor?

10

(1) ¿Cómo habían recibido a Fernando en La Victoria? (2) ¿Qué le recordó a Fernando su época de estudiante? (3) ¿Qué era la "sabana que andaba"? (4) ¿Qué frase recordó Fernando en el momento de su muerte? (5) ¿Qué grito de terror pasó por las tropas realistas? (6) ¿Cómo fué herido Presentación?

11

(1) ¿Qué palabra se repetía en los oídos de Presentación? (2) ¿Cómo llegó a comprender que estaba herido y preso? (3) ¿En dónde creía Presentación que estaba? (4) ¿Qué quería hacer Presentación antes de morir?

Vocabulary

THE VOCABULARY is complete, except for the following classes of words: (*a*) easily recognizable cognates; (*b*) personal pronouns; (*c*) articles; (*d*) demonstrative adjectives and pronouns; (*e*) possessive adjectives and pronouns; (*f*) cardinal numbers; (*g*) days of the week and names of the months; (*h*) verbal nouns; (*i*) common diminutives and augmentatives; (*j*) adverbs in -mente and adjectives in -ísimo, when the corresponding adjectives are given; (*k*) names of fictitious characters; (*l*) words explained in the Notes on their only occurrence. Past participles used as adjectives are listed, but when other forms of the verb occur, with the same basic meaning, only the infinitive is given.

Idioms are listed under (*a*) the first noun, (*b*) the noun, (*c*) the verb, if there is no noun, (*d*) the first significant word, if there is neither noun nor verb.

Genders are indicated, except for the names of male and female beings, masculine nouns ending in -o, and feminine nouns ending in -a, -ez, -ión, -dad, -tad, -tud, -umbre, and unaccented -ie.

The following abbreviations are used:

adj. adjective	*m*. masculine
adv. adverb	*mil*. military
Amer. Spanish-American	*n*. noun
coll. colloquial	*pl*. plural
dim. diminutive	*prep*. preposition
f. feminine	*Venez*. Venezuelan

A

a at, in, on, to, of, with, for; **al (ver)** on (seeing)

aaayyy aah!

abajo below; down (with); on the bottom; **hacia —** down below; **de general para —** everything from generals on down

abarcar to contain, include

abatir to drive, bring down; **-se** to fall

abeja bee

abigarrado motley, varied

abrasar to parch

abrazar(se) to hug, put one's arm around

abrigar to wrap

abrigo shelter

abrir to open; dig; -se to rush ahead; appear; open

absorto absorbed in thought, thoughtful

abstraído absorbed

abuelo grandfather; ancestor

acá here

acabar(se) to finish, end; — con to put an end to, finish off; — de to have just; no acababa de couldn't manage to; acabaron de (borrarse) they finally (disappeared)

acampar to camp

acariciador caressing

acariciar to stroke; wring

acaso perhaps

acceder to consent

acceso access; attack

acción action; ir a la —, entrar en — to go into action

aceite m. oil

acelerar to gain speed; throb

acequia ditch; Amer. stream

acercarse (a) to approach

acero steel

acertar (a) to succeed (in), happen to

acicatear to spur on

aclarado lit

acobardado frightened

acogedor protecting, reassuring

acoger to receive

acometer to attack

acometida attack

acomodar to fix, place; make comfortable

acompañamiento company

acompañar to accompany; join

acompasado rhythmic

acongojar to distress

aconsejar to advise

acontecimiento event

acordar(se) to remember

acostarse to go to bed, lie (down)

acostumbrado accustomed

acrecido swollen

actitud attitude

activar to carry out

actual present

acuerdo accordance, agreement; estar de — (en) to agree

acurrucado huddled

adelantar(se) to come forward; put forth, drive on

adelante ahead; para — forward

adelgazar to taper off

además besides

adentro inside; en el — inside

adiós farewell, good-by

adivinar to sense, guess correctly

adivino soothsayer; ¡para —, Dios! only God could tell that!

adobe m. adobe (sun-dried brick)

adormecido drowsy

adquirir to take on

adscribir to attach

advertir to notice, become aware of; notify

afanado en eager to

aficionarse a to become fond of

afirmación statement

afligirse to lose heart

aflojarse to grow weak

afuera outside

agarrar to grab

agitar to wave, stir; -se to become excited

aglomeración throng

agotado exhausted

agradable pleasant

agradar to please

agradecer to thank; **se lo agradezco** I thank you, am grateful to you (for it)

agradecido grateful; **mal —** ungrateful

agregar to add

agrícolo farming

agrietado cracked

agua water

aguantar to last; be patient

aguardar to wait

aguardiente *m.* rum

agudo sharp; high

agüero omen

aguijón *m.* spur

aguijonear to spur on

aguja spire

aguzar to sharpen; **— los ojos to** look closely

ahí there

ahogar to smother, drown

ahora now; **— mismo** right now; **de — en más** henceforth

ahorita right now; **lo que es —** the fact is that right now

ahuyentarse to flee

airado angry

aislado isolated, aloof

aislamiento isolation

ajá aha! really!

ajuar *m.* stock

ala wing; brim

alabado praised

alabanza praise; compliment

alancear to attack with the lance

alargar to hand, hold out; **-se to** stretch out

alarido shout, howl, clamor; **— blanco** panic

alcance *m.* reach; **a su —** within reach; **al — de** within reach of

alcanzar to reach, touch

alcoba bedroom

aldea village

alegrar to gladden

alegre gay

alegría joy

alejarse to move away

alentar to breathe

alerta *m.* watchword; *adv.* on watch

alertar to challenge

aletear to hover

algo something

alguien somebody, anybody

alguno some (one), a few, an occasional (one)

alharaca clamor

alharaquear to cackle

aliento breathing

alimento food

alineado lined up

alistar to get ready

alma soul; heart

almuerzo luncheon

alrededor (de) around; **a su —** around him; *n.m.pl.* outskirts

altanería: con — haughtily

altanero towering

alternar to deal, associate

alto tall, lofty; high, upper; **lo —** the top; on high; *n.* halt; **hacer — to** halt

altura height

alud *m.* avalanche

alumbrarse to have light

alzar to raise; -se to rise, rear; rebel; ¡alza! on your feet!

allá (over) there; hacia — in that direction; más — (de) beyond

allegar to gather

allí there

amada loved one

amago threat

amanecer to dawn; be, arrive, *etc.*, at daybreak

amanecido dawned; lit by the rising sun

amar to love

amargura bitterness

amarillo yellow

amarrado tied (up)

ambiente *m.* atmosphere

ambos both

amenazante threatening

amenazar to threaten

amigo friend

amo master, owner; leader

amor *m.* love

amordazado gagged

amparar to shelter

amparo refuge

anca rump

anciano old man

ancho wide, broad, spacious, sweeping

andar to walk, move, go (around), march; ándate que te andas on and on

angosto narrow

ángulo angle; corner

angustia anguish; uneasiness

angustiar to distress, torment

angustioso anguishing; se le hacía — it was anguish to him

anillo ring

ánimo spirit

animosamente spiritedly

aniquilar to annihilate

anormal abnormal

ansia yearning; anxiety

ansioso anxious

ante before, in the face of, toward

anterior previous, former

antes (de) (que) before; formerly

antiguo old; former

Antillas *pl.* West Indies

antipático unfriendly

anunciar to announce, indicate; display

anuncio announcement

añadir to add

año year; hasta los dieciséis -s until he was sixteen

apaciguar to calm, soothe

apagar(se) to extinguish; die (down)

apalear to beat

aparecer to appear

aparecido apparition

apariencias *pl.* appearance

apartar to remove, push aside; -se to withdraw; -se de to keep off

aparte separate; aside; — de que aside from the fact that

apasionadamente passionately

apenas (si) scarcely; merely; as soon as

aperos *pl.* harness

aplastado crushed

aplicar to apply, place

aporte *m.* contribution

apostado posted

apoyado leaning

apoyar to support

aprender to learn

apresuradamente hastily

apresurar(se) to hurry

apretado shrunken; close, tight

apretar to clutch

apretón *m.* shake

aprovechar to take advantage of, seize the opportunity

aproximar to draw up; -se (a) to approach, draw together

apuntar to aim (at), aim a gun

aquí here; — mismito right here; por — around, along here

Aragua *a state in north central Venezuela*

árbol *m.* tree

arboleda grove

arco hoop; (ear-) ring; — iris rainbow

arder to burn, glow; be eager

arena sand

arengar to make a speech

argucia scheme

argumentación reasoning, argument

arma weapon; lance; — blanca steel, "the knife"; hacer -s to rebel; pasar por las -s to execute

armar to arm; load

armonía harmony

arquetipo model

arracimado bunched together

arrancado *coll.* poor

arrancar (a) to draw out, drag, tear (from); start off

arrasada scraping stop

arrasador destructive

arrasar (con) to demolish, destroy; hurl

arrastrar to drag, trail; prompt, urge on

arrear to herd

arrebatado headlong

arreciar to increase, grow louder

arreglar to arrange

arremeter contra to attack

arreo dress

arriba up, upstairs, on top; ¡—! get up!; (colina) — up the (hill); hacia — up

arriero wagon driver

arriesgar to risk

arrinconado in a corner

arrobamiento delight

arrodillarse to kneel down

arrojar to throw

arruinar to ruin

articular to pronounce

artillero gunner

asaetear to pierce

asaltante attacker

asaltar to attack; come back

asalto attack; swarm

ascender to promote

asco disgust

asegurar to assure

asentir to agree

asesino assassin

asestar to aim

asfixiarse to choke

así thus, like that, that's the way, in this way; all right, fairly well; — como just as; — como — just like that; — es como es that's right; — es que and so; eso no es tan — that's not so

asiento seat

asistir a to attend

asolar to wreck

asomar(se) to peer out, appear
asombrar to amaze
asombro amazement
aspecto appearance
áspero gruff, harsh
asqueroso disgusting
asta flagstaff; shaft
asunto matter
asustadizo scared
asustar to frighten
atajar to cut off
atajo *Amer.* herd
atar to tie
atardecer *m.* dusk
atarearse to be busy
atemorizar to scare
atención watching
atender to pay attention
atenerse to rely; saber a qué —
to know where one stands
atinar a to manage to
atormentarse to be tormented
atraer to attract
atrás backward; hacia — in the
rear
atravesar to cross; stick; thrust,
pierce; -se to pass; break in,
butt in
atreverse to dare
atrevido daring, insolent
atrio terrace
atronar to thunder
atropelladamente helter-skelter
atropellar to throw, trample
aturdido in confusion, stunned
audaz bold
audición listening
augurio omen
aullar to howl
aullido howl

aumentar to increase
aun, aún even, still; — cuando
even though; — más a little
more
aunque although
aureolado encircled
auscultar to examine the chest of
ausencia absence
autoritario arrogant
auxilio aid; en su — to his aid
avanzada advance guard
avanzar to advance
avasallador overwhelming
ave *Latin* hail; ¡— María! Blessed
Virgin!; ¡— María Purísima!
Most Blessed Virgin!
aventurarse to venture
averiguar to find out
avidez greed
ávido greedy, eager
avisar to warn, notify, announce
aviso announcement
avispa wasp
avizor watchful
ay ah! oh!
ayuda aid
ayudar to help; increase
azul blue

B

bagazo bagasse (dried sugar cane)
bahareque *m. Amer.* mud (wall)
bahía bay
bailar to dance; ¡a —! dance!
bailarín dancer
baile *m.* dance
bajar to go (come) down; lower
bajo low; mean; *adv.* in a low
voice; *prep.* beneath, under; in

bala bullet
balancearse to sway
balanceo rocking
baldosa flagstone
baleado *Amer.* wounded
bambolear to swing, sway
banco bench
bandera flag
banderear to flutter; unfurl
bandido bandit
bandolero bandit
bañar to bathe; drench
baraja playing card; pack of cards
baraúnda tumult
barbaridad atrocity
bárbaro barbarian
barbas *pl.* beard
barnizado varnished
barrica cask
barril *m.* keg
barro clay; dirt
barrote *m.* iron bar
bastante enough; a lot (of); quite well
bastar (con) to be enough
batahola hubbub
batalla battle
batallar to fight, struggle
batiente *m.* leaf of a door
batir to beat
bautizar to baptise
bebedizo potion
beber to drink
bello beautiful, handsome
bendecir to bless
bendición blessing
beneficio benefit; favor
bermejo bright red
besar to kiss

bestia animal
bien well; all right; **no — no** sooner; *n.m.pl.* property
bienestar *m.* welfare, comfort
bigotazo huge mustache
bigote *m.* mustache
blanco white; *n.* target
blanquear to show white, gleam
bloque *m.* block
blusa shirt
boca mouth
bocacalle *f.* street crossing
bocanada mouthful, gulp
boga vogue
Bogotá *the capital of New Granada, now Colombia*
bola ball; **de —** *Amer.* completely
Bolívar, Simón, 1783–1830. *See* Introduction
bolsillo pocket
bondad kindness
bondadoso kind
bonito pretty, fine
borde *m.* edge, hem; verge
borrachera drunkenness
borrarse to be blotted out, disappear
bosque *m.* forest
bota boot
botalón *m. Amer.* hitching-post
bote *m.* boat
botella bottle
botín *m.* booty
bóveda vault
Boves, José Tomás Rodríguez, 1782–1814. *See* Introduction
brazo arm
breve brief
brillante shining
brillo flash

bríos *pl.* vigor
brioso violent, spirited
bronce *m.* bronze; brown
bronceado bronze-colored; tanned
brotar to bring forth; shed
brusco rough; sudden, quick
brusquedad suddenness
bruto crude; *n.* animal, brute; fool
búcare *m.* Amer. *a shade tree*
buchón fat
buenamente freely
bueno good, fine; well; all right; por las buenas voluntarily
buey ox
bujía candle
bullicio uproar
burla joke; fun
burlón mocking
burro donkey
busca search; en su — in search of him
buscar to seek, search
búsqueda search

C

cabalgadura horse
cabalgar to ride
caballería cavalry
caballeriza stable
caballo horse; -s de mi silla my own saddle horses; a — (on) horseback, mounted; de a — mounted
cabellera hair
cabello hair
cabeza head; asentir con la — to nod; mover la — negando to

shake one's head; su — me responde you will answer with your head for it
cabo end; al — de after
cachete *m.* cheek
cada each, every; — quien each one
cadáver *m.* corpse
cadena chain
cadencioso rhythmic
caer(se) to fall, descend, land; yield
caída fall
caja box
cajón *m.* large box
cal *f.* lime; whitewash
calabozo *Venez.* round-faced
calar to pierce
calcinar to scorch
calentarse to get angry
calentura fever; -s fever
cálido hot
caliente hot
calmar to calm; quench
calofrío chill
callar(se) to be silent, keep quiet, shut up
calle *f.* street
calloso calloused
cama bed
cambiar (de) to change
caminar to walk (through), travel
camino road; por el — on the way
camisón *m.* gown
campana bell
campanario bell tower
campaña campaign
campo country; field; a — traviesa cross country

Campo Elías, Vicente, —1814 *a Venezuelan colonel who aided in the defense of La Victoria*

canario Canary Islander

canción song

candela fire

candelabro branched candlestick

candil *m.* lamp; — **de carreta** lantern

cansancio weariness

cantar to sing, chant; crow; **otro** — another story

cántaro pitcher

canto song

caña sugar cane; rum

cañamelar *m.* cane field

cañón *m.* cannon

capataz foreman

capaz capable

capitán captain

capitanía captaincy

capricho freak of circumstance

cara face; **ver la** — **a** to look at

cará gosh!

Caracas *the capital of Venezuela*

caracolear to twist, swerve

carácter *m.* character

caraota *Venez.* bean

caray gosh! really!

carbón *m.* charcoal; coal

carbonizado charred

carecer (de) to lack

carga load; charge; ¡**a la** —! charge!

cargar to load, fill; carry; attack; — **con** to carry (off)

cariño affection

carne *f.* meat, flesh; body; spirit

carnicería butchery

carnicero carnivorous

carrera race, run, running; charge; **a la** — at full speed; **a la** — **furiosa, loca, a** — **tendida** at a furious pace

carreta wagon

carrizo golly! hell!; ¡**qué** —! what of it!

casa house, home

casarse (con) to marry

casco hoof

caserío settlement

caserón *m.* big house

casi almost

caso case; **hacer** — to heed

casta family, line

castigar to punish

castigo punishment, scourge

castillo castle; — **de barajas** house of cards

catarata cascade; flood

catecismo catechism

catire *m. Amer.* blond

catre *m.* cot

cauce *m.* channel

cautela: con — warily

cavar to dig

cavernoso hollow

cebolla onion

ceder to yield

ceja eyebrow

celebrar to celebrate, rejoice at; greet

cementerio cemetery

ceniza ash; ashen color

centavo cent

centenar *m.* hundred

centinela sentinel

ceñido fastened on

cerca (de) near; **de** — close, intimately; *n.* hedge

cerdo hog

cerebro brain

cernerse to loom, threaten; float

cerrado close; thick; tight, pressed; — de negro in deep mourning

cerradura lock

cerrar to close; encircle

cerrero wild

cerro hill

cesar (en) to stop

ciego blind

cielo sky, heaven

cierto (a) certain, sure; por — to be sure

cincha girth

cintarazo sword-whack

cintura belt; waist

círculo circle

circunloquio circumlocution; valerse de -s to speak indirectly

cirio candle

ciudad city

ciudadano citizen

clamar to wail

clandestino secret

claridad brightness

clarín *m.* trumpet

claro clear; bright; light-colored; — que of course; *n.* clearing

claustro cloister; university

clavar to nail, fasten; pierce; sink

clave *m.* harpsichord

clavo nail

coagulado clotted

coágulo blood clot

cobarde cowardly; *n.* coward

cobardía cowardice

cobardón great coward

cobija blanket

cobrar to charge; take on; get revenge

cobre *m.* copper

cocotero coconut tree

cochero coachman

coger(se) to catch, seize; hold; go

cogollo *Venez.* leaf

colcha quilt

colegial *adj.* schoolboy

cólera anger

colgado slung

colina hill

colocar to place; hire

colorado red

comedia play

comedor *m.* dining room

comentar to discuss

comentarios *pl.* discussion

comenzar to begin; — desde temprano to go on since early in the morning

comer to eat

comida meal; dinner

comienzo beginning

como as, like; as if; somehow; — para so as to, enough to; — que it's clear that; — un (sueño) a kind of (dream), something like a (dream)

cómo how; what do you mean; ¡— no! of course!

comodidad comfort

cómodo comfortable

compadre *coll.* friend

compañero companion

complacido contented, pleased

cómplice accomplice

comprador buyer

comprender to understand

comprometer to pledge; declare

compungido repentant

comunicar to tell

con with; by means of

conciencia consciousness

concluir to conclude

condenado damned

conducir to lead

confesonario confessional

confiado confident

confianza confidence, faith; intimacy; dar — a to be intimate with; en — confident

confiar to confide, entrust; -se a to confide in

confín m. limit, border; corner; end

confundir(se) to mingle; abash

congestionado congested; filled

congregarse to gather

conjunto whole; group

conminar to threaten

conmovido moved

conocer to know, be acquainted with

conocimiento acquaintance; knowledge; sin — unconscious

conque (and) so

consagrar to devote

consecuencia: en — consequently

conseguir to get

consejo counsel

conservar to keep

constituir to establish

construir to build

consuelo consolation

consumado finished; lo — a fact

contar to tell; count; — con to count on; have

contemplar to look at

contener to contain; restrain, repress, stop

contento pleased; — con, de pleased with, to; n. satisfaction

contestación answer

continuador continuing

continuidad: con — steadily

continuo steady

contra against

contraído clutched

contrario opposite; opponent

convenir en to agree to; le conviene más (reposarse) it's better for him to (rest)

convergente converging

conversador talkative

coraje m. courage

corazón m. heart

coriano Corian (from Coro)

corneta bugle

Coro a Venezuelan coastal city, in the state of Falcón

coro choir; hacer — to chime in

coronar to crown; reach

coronel colonel

corpulento fat

corral m. yard

correaje m. strap

corredor m. hall

correr to run, flow; roam; a todo — at full speed

corresponder to answer

corrillo dim. of corro

corro group of spectators or talkers

cortar to cut; shut off, interrupt; -se en seco to stop suddenly

cortesano courtly

corto short, brief

cosa thing; something; ¿cómo es

la —? how does it go?; **gran —** nothing much; **mala —** that's bad; **otra —** anything else; **no sabía qué —** something or other

costa coast

costado side

costear to follow the shore

costumbre habit; experience

cotejo *Venez.* lizard

crear to create

crecer to increase, swell, grow

creciente *f.* flood

creer to believe, think

crepitar to crackle

crepúsculo twilight

crespo curly; **— en marejada** wavy

crin *f.* mane

criollo creole (born in America)

crispado clenched

Cristofué *Venez. a yellow-breasted bird*

crueldad cruelty; **¡qué — ni qué —!** cruelty, nonsense!

crujido creak; groan

crujir to creak

cruz *f.* cross; **en —** crossed

cruzar to cross; hit by cross fire; **— por** to pass

cuaderno booklet

cuadrado square

cuajado covered

cuál which (one)

cualquier(a) any; anyone

cuando, cuándo when; at the time of

cuanto as much as; **unos -s** a few

cuánto how much

cuartel *m.* barracks; quarter; **— general** headquarters

cubierto covered

cubil *m.* lair

cuclillas: **en —** squatting

Cúcuta *a Colombian province, and the site of one of Bolivar's victories*

cuchara spoon; **meter mi —** to put in my oar

cuchichear to whisper

cuchicheo whispering

cuello neck

cuenta account; **darse (perfecta) — de** to understand (perfectly); notice; **entregar -s** to report; **sacar una —** to balance an account; **tener en —** to remember

cuento story, short story; fairy tale

cuerda rope

cuerno horn

cuero leather

cuerpo body; corps

cueva cellar

cuidado care; **— con (hablar)** be careful not to (speak); **tener bien — de** to take good care to

cuidadosamente with care

cuidar to take care of

culata butt; handle

culatazo blow with a rifle butt

culpable *adj.* to blame

cultivos *pl.* farming

cumbre *f.* summit

cumplimiento fulfillment

cumplir to complete, fulfill; **a los 16 años cumplidos** on his 16th birthday

cundir to spread
cura priest
curtido hardened
curtir: sin — untanned
cuyo whose; **a — ruido** at the
noise of which

CH

chaguaramo *Venez.* a very tall
palm tree
chancear to joke
chaqueta jacket
charlar to chat
chato flattened
chinchorro *Amer.* hammock
chiquito very small
chirriante squeaking
chirriar to squeak
chispa spark; sparkle
chistar to joke
chistera *coll.* silk hat
chocar to smash
chopo *coll.* gun
choque *m.* clash, collision; spurt
chorrear to pour
chorro stream

D

dado die; **tirar el —** to decide
the fate
danza dance
dañar to harm
dañino harmful
daño damage, harm
dar to give; **— a** to face; **— a entender** to make clear; **— con**
to find; **— por terminar** to ad-
journ
de of, from, with, in, by; as; **—
(boca) en (boca)** from (mouth)
to (mouth)
debajo (de) beneath
debatirse to struggle
deber to owe; **debe, debía (ser)**
it must (be); **debía (ir)** he
had to (go), must have (gone);
no ha debido (hacerlo) you
shouldn't have (done it)
débil weak, faint
debilidad weakness
debilucho languid
decidido decided, firm
decir to say, tell; call; **es —** that
is (to say)
declinar to set
decrecer to decrease
decreto decree
dedo finger
defensor defender
definitivo final
degollar to slaughter
degollina *coll.* butchery
dejar to leave, drop; let; let
alone; **— de** to stop, fail to;
— hacer to allow to proceed;
-se de to forget; **-se arrastrar,
llevar** to let oneself be guided
delante (de) before, ahead; **por
—** in front (of), ahead
delantero front
delectación delight
delgado thin
delicia great pleasure
deliciosamente delightfully
delinear to sketch, outline
demás rest

demasiado too, too much
demoler to crush
demostrar to prove
denso thick; dark
dentro (de) inside, in, within
denunciar to reveal
depender de to depend on
depósito deposit; dump
deprimir to depress
derecho right; direct; **creerse con
-s a** to think one has a right to
derramado spilt
derrota defeat; **pegar una —** to
give a licking
derrotar to defeat
derruído torn down
derrumbarse to tumble down
desacuerdo disagreement
desaforado tremendous; boister-
ous
desagradable unpleasant
desaguadero drainpipe
desahogar to vent; **-se** to vent
one's rage
desalentar to dismay
desaliento: **con —** dejected
desamarrar to untie
desangrarse to shed blood
desaparecer to disappear
desaprensivo optimistic
desaprobar to condemn
desarrollarse to develop
desasosegado restless, uneasy
desasosiego uneasiness
desastroso disastrous
desatar to untie, unchain, let
loose
desazón *f.* uneasiness
desazonar to upset
desbandada rout

desbocado wild
desbocar to dash off
desbordar to swarm; cast about
descabalgar to dismount
descalzo barefoot
descansar to rest
descanso rest
descarado open, shameless
descarga volley; **— cerrada** sharp
volley
descargar to release; fire
descender to dismount
descompasado excessive; jangling
descomponerse to rot
desconcertar to disturb
desconcierto confusion
desconfiado distrustful
desconfianza distrust
desconfiar to be suspicious
desconocido unknown; stranger
desconsolado forlorn
descorazonado disheartened
descorazonador disheartening
descuartizar to quarter
desde (que) from, since; **— muchacha** since (I) was a girl
desear to wish
desembocar to open, lead, come
out
desencajado shattered
desencamar *Venez.* to get hold of
desenfrenado unrestrained
desenfreno wildness
desenrollar to unroll
desenvolver to untangle, clear
deseo desire
deseoso eager
desequilibrar to unbalance
desesperación despair
desesperado desperate

desesperante maddening

desesperanzado in despair

desfallecer to swoon

desfalleciente weak

desfilar to march (by); move forward

desgajar to tear apart

desgano reluctance

desgarrar to tear (open); **-se** to break

desgraciado poor fellow

desgreñado tousled

deshacer(se) to fade, dissolve; break up; destroy

deshilachar to whip to shreds

deshojarse to shatter

desierto deserted

desigualdad inequality

deslumbramiento bewilderment

deslumbrar to dazzle

desmesurado exaggerated

desmontado dismounted; riderless

desmontar to dismount

desmoralizar to demoralize

desmoronamiento rubble

desmoronar to crumble; smash

desnudar to bare, strip

desnudo bare, naked; unsheathed

desobedecido disobeyed

desorbitado staring

desorden *m.* disorder

desordenadamente in disorder, wildly

desorientado lost

despachar to send

despedirse (de) to say good-by (to)

despegarse *coll.* to get away

despejar to clear

despeñar to hurl forward; rush

desperezarse to flap idly

despertar(se) to awake, rouse, wake

despiadado pitiless

desplazamiento surge

desplazar(se) to sway, toss; surge forward, move

desplomarse to topple over, slump

despoblado wilderness, uninhabited place

despreciar to despise

desprecio contempt

desprender to break off; separate

despreocupado unprejudiced; unconcerned

desproporcionado disproportionate; too long, etc.

después (de) (que) after, afterward

destacado scout

destacamento detachment

destacar to detach; select; **-se** to stand out; come forth

destilar to distill, draw

destituir to dismiss

destreza skill

destrozado wrecked

destructor destructive; destroyer

destruir to destroy

desvanecerse to vanish

desviar to turn away, aside

detalle *m.* detail

detenerse to stop; fix

determinación decision

detrás (de) behind; beyond

día *m.* day; **buen —, buenos -s** good day, good morning

diablo devil

diana reveille
dibujado sketched
dibujo drawing, pattern
dictar to dictate, issue
diente *m.* tooth; entre -s muttering
diestro bridle
diezmar to decimate
difícil difficult
dificultosamente with difficulty
digno worthy
diligencia stage coach
diluir to dissolve, dilute
dinero money
Dios God; está de — it is God's will
dirección: en — a toward
dirigir to lead; -se to move; -se a to address
discernimiento judgment
discurseaderas *pl. coll.* speechifying
discutir to discuss
disgregarse to break up
disgusto distaste
disimulado hidden; sly
disimular to pretend; hide; -se to appear not to notice
disminuir to diminish
disparar to fire, launch, hurl
disparatado senseless
disparates *m. pl.* nonsense
disparo shot, shooting; graneados -s steady fire
disperso scattered
displicencia: con — peevishly
displicente peevish
disposición arrangement; tomar -es to make arrangements
disputa debate

distinto different
distraer to distract
distraído absent-minded
distribuirse to spread out
divisar to spy
doblar(se) to bend, bow; doblado sobre sí mismo bent over
docilidad: con — obediently
dócilmente obediently
doler to grieve; ache
dolmán *m. Amer.* dolman (cavalry jacket)
dolor *m.* grief; pain
dolorido aching
doloroso doleful; suffering; pitiful
dominador commanding
dominar to dominate, control; overlook; overcome
don, doña *titles of respect and affection used before the given name; translate by* Mr., Mrs., *or omit*
donde, dónde where; por — wherever; whereabouts
dondequiera: por — que wherever
dorado gold, golden; gilt
dorar to gild
dormidero sleeping quarters
dormir to sleep; -se to go to sleep; mal dormido having slept badly
dotado endowed
duda doubt
dudoso in doubt
duende *m.* goblin
dueño owner
dulce sweet, gentle; pleasant
dulzura sweetness

durable lasting
durar to last; go on
duro hard, firm; harsh, cruel

E

e and; (coll.) = de
ebriedad intoxication
ebrio drunk, drunken
ebullición seething
eco echo
echar(se) to throw, drive; lie (down); tell
edificación building
edificio building
eeepaaa *Amer.* hey! hurrah!
efecto effect; al — for the purpose; en — indeed
efervescencia agitation
efigie effigy
efusión warmth, enthusiasm, display of enthusiasm
egoísmo self-concern
ejecutar to carry out
ejecutor executor
ejemplar *m.* copy
ejemplo example
ejercer to exert
ejército army
elevarse to rise; poco elevado of moderate height
ello it; por — therefore
embarazoso embarrassing
embargo: sin — nevertheless
embriagar to intoxicate
embromarse to get into trouble
embustes *m. pl.* kidding
emisario scout
emocionar to move

empalagar to annoy
empalidecido pale
empapado drenched
Emparan, Vicente *Captain General of Venezuela, 1809–10*
empavorecido terrified
empero however
empezar to begin
empinarse to rise
emplear to use
empresa undertaking
empujar (a) to push (into), thrust; elbow
empuñar to grasp
en in, on, at, with
enagua skirt; — estampada skirt of cotton print
enarbolar to raise high
enarcar to arch
enardecer to inflame
encabritar to make rear, plunge
encajar to thrust
encantador enchanter
encantamiento spell
encanto enchantment
encapotado overcast
encarado faced; mal — ugly-looking
encargarse to take charge
encarnizarse to be filled with fury
encender(se) to light (up), brighten; burn
encerrar to shut in
encima over, on; por — de above
encolerizar to anger
encontrar to find, meet
encorajinado enraged
encuentro meeting; a su — to meet him

enemigo enemy

enérgico energetic, lively, bold

enfermar to get sick

enfermedad illness

enfermizo sickly

enfermo sick; patient

enfrente ahead, facing (him)

enfriarse to get cold

enfurecido furious

enfurruñado sulky

engañar to deceive

engañoso deceptive

engendrado produced

engranar to become enmeshed in

enjaezar to harness

enjaulado caged

enlechado whitewashed

enloquecedor maddening

enloquecer to go crazy, become wild

enmudecer to become silent

enrejado barred

enrolarse to enlist

enronquecer to make hoarse

ensangrentado covered with blood

ensañado relentless

ensayar to try

ensillar to saddle

ensimismadamente absorbed in thought

ensordecedor deafening

entablar to start

entender to understand, hear clearly; -se to come to an agreement

entero entire, whole

enterrar to bury

entonar to sing

entonces then

entrada entrance

entrar (en) to enter, get in

entre among, between, through, in; por — among, between, from; — (insolente) y (temeroso) half (insolent), half (timid)

entreabierto half open

entregar to deliver, hand (over)

entremezclar to merge

entretenerse to be busy

entrever to glimpse

entusiasmar to fill with enthusiasm

enviar to send

envolver to wrap, surround; include

epa Amer. hey, hello

erguirse to stand up

erigirse to rise, stand

erizado bristling, angry

erizar(se) to bristle; startle; cover

esbelto slender, well-built

esbozar to sketch

escalar to climb over

escalera staircase

escalinata steps

escama scale; flake

escandalizar to jar; disturb

escándalo racket

escandaloso turbulent

escaso meager, scanty, limited, few

escena scene

esclavo slave

escoger to choose

escolta escort; hacer — a to escort

escoltar to escort, accompany

escombros pl. debris

esconder(se) to hide

escondrijo hiding place

escozor *m.* uneasiness, unpleasant feeling

escribir to write

escritor writer

escrúpulo scruple

escupir to spit

esfuerzo effort

eso that; — de that business of; — de que that idea that; — es that's right; por — (es que) that's why

espacio space, region, expanse

espacioso spacious, roomy

espalda shoulder, back; a la — behind his back, to the rear; de -s a with his back to

espantable frightful

espantado scared, frightened; — de tigre scared to death

espanto fright

espantoso dreadful

España Spain

español Spanish; Spaniard

espasmo spasm

especie kind

espectáculo sight

espejo mirror

espera waiting

esperanza hope

esperar(se) to hope, expect, wait (for); — de to rely upon

espeso thick, compact

espía spy

espiar to spy

espíritu *m.* spirit; ghost; las posiciones de su — his state of mind

espolear to spur

espuela spur; picar -s to dig in the spurs

esqueleto skeleton

esquema *m.* outline

esquina corner

estaca stake

estacionarse to stand still

estado state, condition

estallar to explode

estampado printed

estancia room

estar to be, be in, be present; -se to stay; ¡está bien! good!

estatura stature

estirar to stretch

estorbar to obstruct

estorbo nuisance

estorboso awkward

estrado platform

estrago havoc

estrangular to strangle; tighten

estrechar to press, clasp

estrecho narrow

estrella star

estrellarse to smash

estremecer to make tremble, shake

estremecimiento trembling

estribo stirrup; projection

estruendo clamor

estudiante student

estudiar to study

estudio study

estupidez stupidity

estúpido senseless

evidencia evidence; certainty

evitar to avoid

evocador recollector

evocar to picture

evolución movement

evolucionar to maneuver

exaltación excitement

exaltarse to be roused, excited
excitación excitement
excitar to urge
exigir to demand
expatriarse to go into exile
expectativa expectation, waiting;
  ponerse a la — to wait for
  events
experimentar to feel
explicación explanation
explicar to explain
expuesto exposed
extendido spread out
extensión expanse, breadth
extenuado exhausted
exterminio slaughter
extinguirse to be destroyed
extraer to draw out
extranjero foreigner
extraño strange, alien
extremo end; remnant; a todos
  los -s to every corner

F

facción group; feature
fácil easy
fachada façade
faena task
faja sash, band
falda slope
faldear to skirt
falta lack
faltar to lack, be needed; aun
  falta not far enough
fallar to fail
fanatismo fanaticism
fanfarronería bragging
fantasma m. phantom

fantasmal ghostly
fardo bundle
farol m. lamp, lantern
fastidiar to be boring
fatalmente of necessity
fatiga weariness; effort
fatigar to tire, wear out; plague
fatigoso exhausted
favorecerse to take advantage
faz f. face
fe f. faith; arder en viva — to be
  extremely eager
felicidad happiness; good luck
feliz happy; lucky
feo ugly; bad
Fernando Ferdinand
feroz ferocious, fierce
festejar to welcome
fibra fiber; torcer las -s a to
  wring the heart of
ficción delusion
fiebre f. fever
fiel faithful
fiero furious
fiesta festival
figurar to be included; -se to
  imagine
fijar to fix; -se en to notice
fijeza: con — fixedly
fijo fixed
fila row, rank
filosofía philosophy
fin m. end; al — finally
fingir to pretend
fino fine; thin; sharp
firmar to sign
fisonomía countenance, face
flaco thin
flojo weak
florecer to blossom

florecimiento flourishing
floresta grove; forest
foco center
foetear to lash
fofo squashy
fogata blaze
fogón *m.* hearth
fogoso spirited
fondo bottom; rear, depths, distance; **en el —** at heart
forajido outlaw
forastero stranger
forjar to shape; weave
forma shape; way
formación formation, company
frágil fragile, delicate; faint
fragor *m.* clamor
franquear to pass
franqueza frankness
frase *f.* sentence, phrase
frecuencia: con — frequently
fréjol *m.* kidney bean
frenético frantic
frente *f.* forehead; *prep.* at the, in front of; *m.* front; **al —** ahead; **hacer — a** to face
fresco fresh; cool; coolness
frialdad coldness
frío cold; chill
friolento chilly
fuego fire; **dar — a** to light; **prender — a** to set fire to
fuera de outside; beside
fuerte strong, violent; loud
fuerza force, strength; troop; **a — de** through; **a la —, a viva —** by force; **sin —** loosely; **una — de las cosas** a solid force
fuga flight; **darse a la —** to flee
fugarse to flee, escape

funcionar to function; **hacer —** to try out, work
fundarse to be based
fundirse to sink; merge
fusil *m.* gun; **echarse un — a la cara** to aim a gun
fusilamiento shooting
fusilar to shoot
fusilería guns
fustigar to lash

G

galvanizar to rouse
gallardía gracefulness
gallina hen
gallo rooster; **ése es mi —** that's the man for me
gallo-loco *coll.* wild man
gana desire; **lo que me da la —** what I choose
ganadero cowboy
ganado cattle
ganar(se) to win (over), beat; reach; overcome; recover
ganchudo hooked
garganta throat
garra claw
gastar to waste
gato cat
gemir to groan
gente(s) *f.* people
gentío crowd
germinar to grow
gesto expression; gesture
girar to turn, wind, whirl
giro spinning, rotation
gobierno government
godo *Amer.* conservative, loyalist

golpe *m.* blow, impact; gush, rush

golpear to smite, strike, beat; knock on

gorro cap

gótico Gothic

gozar (de) to enjoy

gozne *m.* hinge

gozo joy; possession

grabado engraved; impressed

gracia grace; name; **con —** gracefully; **-s** thanks; **-s a Dios** thank God

graciosamente gracefully

gran(de) large, big, great

graneado granulated

grato de pleasant to

grave serious

gravitar to press

grieta crevice, crack

grillo cricket

gris gray

gritar to shout

griterío uproar

grito shout, shriek, call; **pegar un —** to shout

grueso big, thick, stout; *n.* main body

gruñir to grunt

grupa rump; **volver -s** to turn about

guá *Amer. coll.* why! hey! gosh!

guarapo *Venez. a liquor made from fermented pineapple juice;* **enfriársele a uno el —** *coll.* to have cold feet

guardar to keep, preserve, reserve

guarnición garrison

Guayana Guiana

guayanés Guianan

Guayra, La *one of the principal seaports of Venezuela*

guerra war; **hacer la —** to fight

guerrear to make war

Guevara y Vasconcelos, Manuel de —1806. *Captain General of Venezuela*

guía guide

guiar to guide

guiñapo strip

guitarrero guitar player

gusano worm

gustar to be pleasing; enjoy; experience; **me gustaría eso** I would like that

gusto pleasure; taste; **a —** at leisure; **con mucho —** gladly; **da — verlo** you ought to see it; **de su —** to his taste

H

haber to have (*tense auxiliary*); **hay** *and 3rd singular of other tenses* there is, are, was, *etc.*; **había de ver** he was to see; **si hubiera de morir** suppose he should die?; **hay que** one must; **no hay de qué** don't mention it; **¿qué hay?** how goes it?; **¿qué hubo?** what happened?

hábil skillful; shrewd

habitación room

habitante inhabitant

habituado accustomed

hablar to speak, talk; say; **— solo** to talk to oneself

hacendado landowner

hacer to do, make, form; commit,

accomplish; — **como si, que** to pretend that; — **de** to act as, take the place of; — **llamar** to summon; — **mal en** to be wrong to; — **rodar a tierra** to knock to the ground; **—se** to become; — **ver** to show; **hace seis meses** six months ago, for six months; **hace una hora que leo** I have been reading for an hour; **lo sabía hacía tiempo** he had known it for some time; **muy mal hecho** you shouldn't have done that

hacia toward

hacienda estate, plantation

hacinado heaped

hachazo thrust

hada elf, fairy

halago: con — flattered

hallar to find; **-se** to be, be content to stay in one place

hamaca hammock

hambre *f.* hunger

haragán lazy

harapo rag

hasta until, as far as, up to; even, almost; as many as; **¿— cuándo?** how long?; **— que** until

hato herd

haz *m.* bundle; cluster of rays

hazaña deed

heder (a) to stink (of)

hediondo stinking

hedor *m.* stench

hender to split

hercúleo Herculean, powerful

herida wound

herido wounded (man)

herir to wound

hermano, -a brother, sister

hermoso beautiful, handsome

hervir to seethe; flicker; reverberate

hervor *m.* seething, turmoil

hidalgo knight

hierba grass

hierro iron; iron part; horseshoe; lance

hijo son

hilar(se) to spin; extend; mount

hilo thread

hilvanar to string together

himno hymn

hipérbole exaggerated remark

hipo hiccup

historia story, tale

hoja leaf; half door; blade

hojarasca leaves

hombre man

hombro shoulder

honda sling

hondo deep

hondonada hollow

hora hour

horda horde

hormiga ant

hormiguear to swarm

hormiguero anthill

horrendo hideous

hosco gloomy

hospedaje *m.* lodging

hospedarse to stay

hostigar to scourge

hoy today

hueco hollow, hole

huella trace

huérfano orphan

hueso bone

huir to flee; speed by
humeante steaming
humedad dampness
húmedo damp, moist
humildad humility
humo smoke
hundir(se) to sink; collapse; pull down

I

ideología system of thinking
iglesia church
ignorar not to know, be ignorant of
igual equal, regular; de — a — as equals
igualdad equality
igualitario democratic
igualmente also
iluminar to brighten, light (up)
imagen f. image
imbécil silly; imbecile
impacientarse to become impatient
impasible indifferent, cold
impedimenta baggage
impedir to prevent, keep from
imperio command
ímpetu m. impulse
imponer to impose, impress, make one conscious of
importar to matter
impresionado impressed
impresionante impressive
impreso printed
inacabablemente endlessly
incandescente dazzling
incendiar to burn

incendio fire, conflagration
incitar to encourage; make one want to
inclinación affection
inclinar(se) to bow
incómodo uncomfortable
inconsciente unconscious; instinctive
incontenible uncontrollable
incorporarse to sit up, straighten up, stand up; join
incrustaciones pl. inlay
incrustarse to overlap
indeciso irresolute
indefenso defenseless
indicación request
indicio indication
indignar to anger
indio Indian
indiscernible intermingled
ineficaz ineffective
inepto incompetent
inerme defenseless
Inés Agnes
inesperado unexpected
infame infamous
infancia childhood
infantil childish, childlike
infatigablemente tirelessly
infierno hell
infinito: al — infinitely
informarse to find out, get information; — con to inquire of
informe shapeless; -s n.m.pl. information; tomar — to get information
infundir a to inspire in
ingenuidad: con — candidly
ingenuo frank, simple
Inglaterra England

inglés English
iniciar to begin
inmediaciones *pl.* vicinity
inmediatamente immediately
inminente threatening, close
inmóvil still, motionless
inmovilizar to freeze, stop
inmutarse to become disturbed
inopinadamente unexpectedly
inquietar(se) to worry, fret; grow
  restless
inquieto restless
inquietud anxiety
insinuar to say meekly
insoportable unbearable
instante *m.* instant; al — at once
instruído informed
insurgente rebel
íntegramente entirely
intempestivo untimely
intención intention; tuvo — de
  started to
intentar to try
interior inward; inside
interlocutor companion
internarse (por) to penetrate, enter into
interponer to thrust; -se to interfere
interrogar to question
interrumpir to interrupt; -se to
  stop
intervenir to interfere, break in,
  interrupt; occur
introducir to bring in
intruso intruder
inundado drowned; deafened
inundar to flood
inútil useless; helpless
inutilizado disabled

inválido invalid, cripple
invasor invading; invader
invencible unconquerable
invitar to invite; — a recordar
  to bring to mind
invocar to beg for
ir to go; be; -se to leave, go away,
  escape; -se sobre, encima to attack, go up to, after; ¡nos fuimos! we're off!; ¡pues ahí va!
  well, I'll tell you!; ¡qué se va
  a hacer! what can we do about
  it!; ¡qué va! nonsense!; ya van
  dos that makes two
ira rage
irremisiblemente with no possibility of escape
irrespirable unbreathable
irrisorio laughable
irrumpir to burst
isla island
izquierdo left

J

jadeo throbbing; quick breathing
jamás ever, never
jarra: en — on one's hips
jefe chief, leader
jerarquizado ranked in social order
Jesús Jesus ¡— Credo! Merciful
  God!
jinete horseman, rider
jirón *m.* shred, scattered frag-
  ment (of sound)
jornada day's march
joven young; *n.* youth
joya jewel

juego game; gamble
jugar to play
junto together; *prep.* next
justamente just, exactly
juventud youth
juzgar to judge, consider

L

labio lip
labranza farm work
labrar to carve; outline
lacrimoso tear-filled
lado side; **de este —, del otro —,**
etc. on this, the other side, *etc.;*
a — y —, de los dos -s on
both sides; **por estos -s** around
here; **por los -s de** in the region of; **por otro —** on the
other hand; **¿por qué —?**
which way?; **por su —** inde-
pendently
ladrar to bark
ladrillo brick
ladrón thief
lagartija small lizard
lágrima tear
laguna lagoon, pool
laja flagstone
lamer to lick
lámpara lamp
lancero lancer
lanoso woolly
lanza lance
lanzar to cast, throw (out); drive;
utter; **-se** to dash; **lanzados a**
bent on
lanzazo lance thrust

largo long; **a lo — de** along; **a
todo lo —** all along
lástima pity
latigazo lash stroke
látigo lash
latir to howl
lavar to wash
lavativa nuisance; stunt; *adj.* annoying; **echar una —, tener en
—** to make trouble
lavativoso annoying
leal loyal
lector reader
lectura reading
lecho bed
lechoso milky
leer to read
lejano distant
lejos far (away); **a lo —** far off
lento slow
leña firewood
letrero poster
levantar to raise, draw up; **-se** to
rise, stand up
leve slight
libertador liberating; Liberator
(title given to Bolívar)
libre free, clear
librea livery
licor *m.* liquor
ligadura bond
ligar to bind
ligero quick; quickly
límite *m.* limit; speed
limpiarse to be swept clean
limpio clear, pure; clear
lindo pretty, lovely
lío bundle
listo ready
liturgia worship

loco crazy; madman; — **de aire** flapping madly; **poner** — to madden
locura madness
lograr to succeed in
lomo back; ridge
Londres London
lucha struggle
luchar to struggle
luego then, next
lugar *m.* place; village, home town
luna moon; moonlight
luz *f.* light; glitter

LL

llaga sore
llagado wounded
llama flame
llamado titular, acting
llamar to call; attract; **se llama Juan** his name is John
llamarada blaze
llanero plainsman
llano flat; **Llano** *the great plains of Venezuela, between the coastal mountains and the Orinoco River*
llanto weeping
llanura plain
llave *f.* key; lock
llegada arrival
llegar to arrive, come; be successful; — **a, hasta** to reach; — **a hablar** to happen to, manage to speak, reach the point of speaking; — **a ser** to become; **a tanto llegaba** so great was

llenar to fill
lleno de full of, covered with
llevar to take, lead; wear; move; hold; — **encima** to have on; **-se** to take (away), carry off
llorar to weep
lloriquear to whine
lloroso tearful
llover to rain
lluvia rain; flood
lluvioso rainy

M

macabro gruesome
macizo solid, bulky; deep; *n.* mass
machetazo blow with a machete
machete machete (cane knife)
machetear to strike with the machete, hack to pieces
macho man
madera wood
madre mother
madrugada early morning
madurar to ripen; grow strong
maduro ripe; filled
Magdaleno *a Venezuelan city on the shore of Lake Valencia, in the state of Aragua*
magro skinny
maguey *m. Amer.* maguey (century plant)
maíz *m.* corn
majestuoso majestic
mal bad, badly; evil; *n.* evil, harm; **hacer** — to hurt
malamente clumsily
maldecir to curse
maldiciente cursing

maldición curse, evil

maldito cursed, evil

maléfico harmful; evil

malestar *m*. anxiety

maleza thicket

malhaya *coll*. curse, damn

malicia: con — slyly

maliciosamente slyly

malo bad, evil

maloliente evil-smelling

maltratar to hurt

maltrecho ruined; rickety

maluco *coll*. awful

mamarse to be weaned; grow up

mancha patch; mass

manchado stained; flecked

manchón *m*. patch

mandar to command, be in power; send

Mandinga Satan, Old Nick

mando power; command

manejo handling

manera way; **de ninguna —** not anyway

mango handle

maniobra trick

mano *f*. hand; **a —** in his power; **dar la — a** to shake the hand of; **decir adiós con la —** to wave good-by; **fuera de sus -s** beyond his reach; **poner -s a la obra** to set to work

manta blanket

mantel *m*. tablecloth

mantener to maintain

mantuano *Venez*. aristocrat

mañana *m*. tomorrow; *f*. morning; **ya bien entrada la —** well along in the morning

mar *m*. sea

maravilloso marvelous

marco (door) frame

marcha march; **poner(se) en —** to start moving

marchar to march; walk; go; **-se** to go away

marejada swelling

margen *m*. border

mariposa butterfly

martirio torture

martirizar to torment

más more, most; else; **a lo —** at most; **los —** the majority; **no —** only, just

masa heap

mascar to chew

máscara mask

mata plant

matar to kill

Matías Matthias

mayor greater, greatest; older, oldest; main; grown-up

mayordomo overseer

mayoría majority, most; **en su —** for the most part

mecha fuse

medio half; *n*. middle; means; **(por) en medio de** in the middle of, among, through

mediodía *m*. noon

mejor better, best; **estar —** to be better (off)

melaza molasses

melena long hair

melosidad sweetness

mendiga beggar woman

menear to wave, shake; **-se los pelos** to tear one's hair

menguado stunted; **hora menguada** evil hour

menor least, slightest

menos less, least; except; **al, por lo —** at least

mensajero messenger

mentado famous

mentir to lie

mentira lie

menudo insignificant; tiny; short; light

merced *f.* mercy

merodear to prowl

mes *m.* month

mesa table

mescolanza jumble

mestizo half-breed

meter to put; cast; absorb; **-se (en)** to enter, get in, into; run; join

mezcla jumble

mezclar(se) to mix

mezquindad miserliness

mezquino miserly

miedo fear; **tener —** to be afraid

miembro limb

mientras (que) while, whereas; **— más tarde será peor** the later it is, the worse it will be; **— no** until

milagro miracle

milagroso miraculous; wondering

miliciano militiaman

militar military; soldier

mínimo tiny

minué *m.* minuet

mirada look, gaze, glance; **pasear la —** to let one's gaze wander

Miranda, Francisco de, 1752–1816. *See* Introduction

mirar to look (at); imagine

miserable wretch

misericordia mercy

mismo same; very; self; **lo —** just as usual; **lo — que** the same as

mitad half; **a —** half

mocetón husky youth

modo way; **de ese —** like that; **de — que** so that; **de otro —** some other way; **de todos -s** anyway; **el — como** the way that

modorra drowsiness

mogote *m.* mound

mojado wet, soaked

mole *f.* bulk, shape

molestar to annoy, bother

molesto irritating

momento moment; **de un — a otro** at any moment

monstruo monster

montado mounted

montaña mountain

montañoso mountainous

montar(se) to mount, climb

monte *m.* mountain

Monteverde, Domingo de —1832. *See* Introduction

montón *m.* pile, mass

montonera *Amer.* crowd of troops

montuno *Amer.* uncouth

montura mount; saddle

morder to bite (off)

moreno dark, swarthy

moribundo dying (man)

morir(se) to die (away)

mortal mortal, deathly, deadly

mosca fly

mostrar to show, display; point to

motivo motive; tune

mover to move; nod

mozo, -a youth, young man

(woman); *adj.* youthful
muchacho, -a boy, girl; fellow
muchedumbre crowd, mass
mucho much, very much; **en —**
greatly
mudo silent
muebles *m.pl.* furniture
mueca grimace, grin, distortion;
face
muelle soft
muérgano *Venez. coll.* antique,
old fellow
muerte *f.* death
muertero *coll.* slaughter
muerto dead (man)
muestra show
mugido lowing; moaning
mujer woman
mundo world; **correr —** to travel;
todo el — everybody
muralla wall
muro wall
músculo muscle
musitar to mumble
musiú *coll.* foreigner (from the
French *monsieur*)
muy very

N

nácar *m.* mother-of-pearl
nacer to be born
nada nothing, not anything, not
at all; **— de (eso)** not at all;
— más that's all; **más —** nothing else; **nadita** nothing at all
nadie nobody, not anybody
nariz *f.* nostril
narrador storyteller

naturaleza nature
nave *f.* nave (central part of a
church)
navegar to navigate; roam
necesidad need
necesitado in need
necesitar to need
negar to deny; **-se** to refuse
negocio business deal
negro black; negro
nervudo vigorous
nexo bond
ni neither, nor; even
nido nest
niebla fog
nimio *Amer.* tiny, petty
ninguno none, neither, not any;
no one else; **ningunito** not a
bit
niño, -a child; **la — Inés** young
Miss Agnes; *adj.* childlike
nítido clear
no no, not
noche *f.* night, evening; **por la —**
at night, in the evening; **(las)
buenas -s** good night
nombrar to name
nombre *m.* name
nostálgico homesick
noticia piece of news; **-s** news
novillo steer
nudo knot; lump
Nueva Granada *the Spanish colony that is now Colombia*
nuevo new; inexperienced; **de
—** again; **¿qué se sabe de —?**
what news is there?
nunca never, not ever; **más —**
never again
nutrido abundant

O

o or; —...— either . . . or
obedecer to obey
objeto object, purpose; **sin —** aimlessly
obra work
obrar to work, act
obscuro dark
obsesionar to obsess; haunt
obstaculizar to get in the way
obstinación obstinacy
ocasión opportunity
ocio idleness
ocioso leisurely
ocultar to hide
ocurrir to occur; **¿a quién se le ocurre eso?** who would think of a thing like that?
odiar to hate
odio hatred
oficial officer
ofrecer to offer; **si se les ofrece algo** if I can do something for you
oído ear
oír to hear, listen (to); **— decir** to hear; **— hablar de, nombrar** to hear of
ojo eye
ola wave
oleaje *m.* wave
oler (a) to smell (of)
olor *m.* odor, smell
olvidar(se de) to forget; **se me había olvidado** I had forgotten it
onza ounce; **— de oro** gold piece
oponerse to oppose, disagree, resist

oportuno appropriate
opuesto opposite
oración prayer
oratorio chapel
orden *f.* order; **a la —** at your orders; **de — de** by order of
ordenado *adj.* orderly
ordenanza *m.* orderly
ordenar to order
ordeñar to milk
oreja ear
orgullo pride
orgulloso proud
oriental easterner
orientarse to head
Orinoco *the great river that flows through Venezuela from the Andes to the Atlantic Ocean*
oro gold
osar to dare
oscilación swinging
oscuridad darkness
oscuro dark
otro other, another

P

pabellón *m.* flag
pacto pact, agreement
padre father
pagar to pay, reward
paila cauldron
país *m.* country
paisaje *m.* landscape
paja straw
pájaro bird
palabra word; **dirigir la —** to turn; **tomar la —** to speak up
palidecer to turn pale

palidez paleness, pallor
pálido pale
palmada slap
palmera palm tree
palmotear to slap
palo stick, pole; blow, beating; drink; **dar (mucho) — to give a (terrible) beating; un — de hombre** *Venez.* a real man
palpar to feel
pan *m.* bread
pantalones *m.pl.* trousers
pañuelo handkerchief
Pao *a district in the state of Zamora, in Venezuela*
papel *m.* paper
paquete *m.* package
par *m.* pair
para to, in order to; for; **— con** toward; **— que** in order that; **¿— qué?** what use is?
parado up, standing
parar(se) to stop; **-se** *Amer.* to stand up
pardo *Amer.* mulatto
parecer to seem (to be); **le parece flotar** he seems to be floating; **no me parece** I don't believe it; **¿qué te parece?** what do you think (of)?
pared *f.* wall
parejo equal
parlanchín talkative
paroxismo convulsion; frenzy
parque *m.* park
parte *f.* part; **a, en ninguna —** anywhere; **de — de** on behalf of; **por todas -s** everywhere
participar to inform
partido party, group

partido decision
partir (de) to leave
parto childbirth
pasada passing; **a la primera —** the first time we pass
pasar(se) to pass; enter; have; happen, be the matter; **— de** to pass beyond
pasear to walk; ride
paseo walk; ride; **hacer -s** to stroll; **salir, llevar de —** to go out, take walking
paso step, pace, walk, walking; movement; passage, way; **— a — closely; a — lento** slowly; **abrirse —** to push ahead; **al —** on the way, as they passed; **dar un —** to take a step; **venir de —** to be passing through
pata foot, leg; **las -s en X** the crossed legs; **parar las -s a** to stop; **picarle las -s** *coll.* to want to be on the go
patada kick
patilla sideburn
patio courtyard
patria fatherland
pavesa ash
pavimento pavement, floor
pavita *Venez. a night bird whose song is supposedly ill-omened*
pavor *m.* fright
pavoroso frightening, fearful
paz *f.* peace
pecado sin
pechada shove
pecho breast, chest
pedazo piece, bit
pedir to ask (for), beg; **lo pedí a Juan** I asked John for it

Pedro Peter

pegar to strike; **-se a** to be a match for

peinado combed; curried

pelar to peel; lick; — **por** *Amer.* to grab

pelea fight

pelear to fight

pelele *m.* scarecrow

peligro danger

pelo hair

pelotón *m.* platoon

pena penalty; trouble; **sacar de -s a** to end the troubles of; **no vale la —** don't trouble yourself

penacho plume

pendejo *Amer. coll.* fool

pender to hang

penosamente painfully

pensamiento thought, idea

pensar to think (of); — **en** to think of

penumbra partial darkness; half shadow

penumbroso shadowy

peón farm hand

peor worse, worst

pequeño small, little

percatarse de to notice, be aware of; make sure of

percibir to notice

perder to lose; ruin

pérdida loss

perecer to perish

perezoso lazy; slow

perfil *m.* profile

permanecer to remain

permiso permission

pero but

perol *m.* pot

peroración lengthy speech

perro dog

perseguir to pursue

persignarse to make the sign of the cross, cross oneself

pesado heavy; dull

pesadumbre sorrow

pesar to weigh; *n.m.* sorrow; **a — de** in spite of

pescar to catch

pescuezo neck

pese a in spite of

pesebre *m.* manger

peso weight; dollar

peste *f.* pestilence; **¡que se les vuelva —!** I hope it kills them!

piadoso pious

picar to pierce

pícaro scoundrel

pico beak, mouth; **montar por el — de la botella** *Ven. coll.* to get ahead quickly

pie *m.* foot; **a —** on foot; **de, en — standing; ponerse de —** to stand up

piedra rock, stone

piel *f.* skin; hide

pierna leg

pila pile

pilar to hull

piltrafa scrap of flesh

pintado painted

pintarrajeado splashed with color

pintoresco picturesque

pisada tread, step

pisar to tread (on), trample

piso floor

pisotear to trample

placer *m.* pleasure

plaga plague

planazo sword-whack

planear to glide

plano flat; **planiiito** very, very flat

plata silver; money

plátano banana

plaza square; stronghold

plebeyo common people

plenitud abundance

pleno full

pliego sheet of paper

plomo lead; bullets; shooting; **caer a —** to descend vertically; **entrarle al —, irse para el — coll.** to get into the fight; **llevar — coll.** to bear arms; **meter al — coll.** to make fight

población town; townspeople

poblacho ugly village

poblado town

pobladores pl. townspeople

poblar to people

pobre poor

pobreza poverty; weakness

poco little, few; not at all; **— a — gradually; un — de** a little

poder to be able; succeed in; can, could, may, might; **no pudo menos de** he couldn't help; n.m. power; hands

poderoso powerful; **ser más —** to have more influence

polvo dust

pólvora gunpowder

poner to put; make; **— a marchar** to set in motion; **-se** to become; **-se a** to begin to; **-se bajo** to fall

por by, for, as, because of, along, through, across, in; **— qué** why; **— si** in case

porción coll. pile

porfiado stubborn

porque because

portarse to behave

portón m. outer door

posada inn

posadero innkeeper

poseer to have; overcome

poseso one possessed by the devil

posible possible; **lo —** all (he) could; **en (todo) lo —** in every (possible) way

posta messenger

postergar to postpone

postrado lying

potente powerful

potro colt

precario uncertain

precio price; sacrifice

precioso beautiful

precipitación: con — hastily

precipitadamente hastily

precipitarse to rush

preciso necessary

pregón m. proclamation

pregunta question

preguntar to ask

preguntón inquisitive

prender to grasp; attach; set (fire), light; **-se** to take fire; flash

preocupación thought

preocuparse to worry

preparativo preparation

presa prey; **— de** overcome by; **animal de —** beast of prey

presagio omen; foreboding

presagioso ominous

prescindir de to dispense with
presencia physique
presenciar to witness
presentar to introduce
presentimiento foreboding
preso prisoner; coger — to capture
prestar to lend; adapt; — atención to pay attention
presteza promptness
presuroso in haste
pretensión presumption
pretextar to invent
prevenido forewarned
prieto dark
primero first
principal leader
principio principle; beginning
prisa haste; a, con — swiftly
proa prow
probar to test
procurar to try
profundidad depth
profundo deep, strong, profound
prohibir to forbid
prójimo associate
pronto soon; de — suddenly; lo más — posible as soon as possible
propiedad property
propietario (land)owner
propio own
proponer(se) to propose
proporcionarse to obtain
proposición proposal
propósito intention
proseguir to continue
provocar to provoke, arouse
proximidad nearness; pl. vicinity
próximo close, near

proyectar to cast; -se to fall
prueba proof; poner a — to test
puaj an exclamation of disgust
pueblo town
pueril childish; trifling
puerta door; La Puerta a village in the state of Carabobo, in Venezuela, and the site of a battle in the Wars of Independence
Puerto Cabello a coastal city in Venezuela
pues then; well; why
pulpería Amer. general store
pulsos pl. pulse; le aceleró los — made his pulse beat faster
punta tip; corner; sobre la — de los pies on tiptoe
puntillas: de — on tiptoe
punto point; a — at the right time
puñado fistful; handful
puño fist; handful; hilt
pupila pupil; eye
pureza purity
puro pure; a — machete just with the machete
pusilánime faint-hearted
puya: hijo e — coll. son of a gun
puyar Amer. to pierce, goad

Q

que who, whom, which, that; because; lo — what
qué what (a); how; anything; ¡— rico ni — rico! what do they mean, rich!; — tal how
quebrarse to burst

quedar(se) to stay, remain, be, be left

quejido moan

quejoso plaintive

quemar to burn

querer to wish, want; try to; will; expect; love, like; **como sin —** offhandedly; **no — nada con** to want nothing to do with; **quisiera** I should like

quien(es) who, whom, the one who, anyone who, those who

quién(es) who

quieto quiet; **deje —** forget it

quitar(se) to remove, get rid of; take off

quizá perhaps

R

rabia rage; **tener — a** to be angry with

rabo tail; **paró ese —** *Amer. coll.* he fled

racimo cluster

racha streak

rama branch

Ramón Raymond

ranchar *Venez.* to stay

rancho hut; *Amer.* ranch

rapidez: con — swiftly

raro strange, unusual

rasguñar to claw

raso level

rastrajo *Venez.* wreckage

rato while, moment, time; **al (poco) —** in a little while

raya ray, line

razón *f.* reason; **con —** no wonder; **tener —** to be right

reaccionar to react, recover

real royal; *n.* money

realista royalist

realzar to brighten

rebaño flock

rebasar to flow past

rebelde rebel; *adj.* rebellious

rebosante overflowing

rebotar to bounce; echo

rebueno *coll.* not at all bad

recalcar to emphasize

recapacitar to reflect

recibir to receive

reciedumbre strength

recién newly; **— venido** newcomer

recinto place, enclosure

recio strong, vigorous, powerful

recipiente *m.* vessel

reclamar to demand

reclutar to recruit

recobrado recovered

recodo turn in the road

recoger to get, pick up

recomenzar to begin again

reconocer to recognize

reconocimiento recognition

recordar to remember; suggest, remind of

recorrer to run over, cover, roam, visit

recorrido round

recostado leaning

recto straight, upright

recuerdo memory, remembrance

rechazar to reject

red *f.* net

rededor: a su — around him

redoblar to redouble

redondo round

referir to describe
reflejado reflected
reflejo reflection
refrescarse to cool off
refriega fray
refuerzo reinforcement
regalar to give
regalo present
regir to govern
regocijadamente joyfully
regocijo mirth
regresar to return
regreso return; **al —** returning
reinar to reign
reino kingdom
reír (de) to laugh (at)
reja grating, bar
relación story, report
relámpago (bolt of) lightning
relampaguear to flash
relato narrative
relieve m. shape, silhouette
relinchar to neigh
relincho whinny
reliquia relic
remedio remedy; **no hay —** there's no alternative; **no había más — que** there was nothing to do but
remonta remount; **caballo de —** spare horse
remontar to climb
removido stirred; scattered
renacer to revive; form again
renegrido blackened
reparo objection
repartimiento quarters
repartir to distribute
repentino sudden
repetido repeated; frequent

replegarse to fall back
repleto packed
replicar to reply
reponer to answer; **-se de to re-** plenish
reposado quiet
reposar(se) to rest
represalia reprisal
repugnante disgusting
repugnar to disgust
requerir to require, ask for
res f. cattle; cow
resaltar to stand out
resbalar to slip
rescoldo embers
resistirse a to avoid
resolución decision; **tomar una — to make a decision**
resolver(se) to decide
resonancia resonance, ringing sound, reverberation(s)
resonar to sound, resound
respiración breathing; **la — intermitente** gasping for breath
respirar to breathe
resplandor m. glare, glitter, gleam
responder to answer
respuesta answer; **por toda — as** (her) only answer
restablecer to restore
restallar to lash
restos pl. remains
resuelto resolute, decided
resultado result
resultar to turn out to be
resurgir to rise again
retener to hold back, stop
retirar to take off; **-se** to retreat, retire

retorcido twisted
retroceder to fall back
retumbar to resound
reunión meeting
reunir to gather; -se a, con to join
revancha revenge
reverencia bow
revés *m.* back
revestir to take, assume
revolar to hover
revolverse to turn around
revuelto tangled, confused, scattered
rey king
rezandera *Amer.* prayer
rezar to pray
rezo praying
rezongar to mutter
rezongo growl
riachuelo stream
Ribas, General José Félix, 1775–1814. *See* Introduction
ribera bank
rico rich
riendas *pl.* reins
rincón *m.* corner
río river; flood
risa laugh, laughter
ritmo rhythm
rito ceremony; tribute
robar(se) to rob; steal
robo robbery, theft
robustez vigor
rociar to sprinkle
rodar to roll (over); flow
rodear to surround, envelop; move around
rodillas: de — on one's knees
rogar to beg

rojizo reddish
rojo red
romper to break, tear; burst; shatter; scatter
roncar to snore
ronco hoarse
ronda patrol
ronquido snore
ropa clothes
rosa rose; pink
Rosete, Francisco *a royalist officer in the Venezuelan Wars of Independence*
rostro face
rozar to graze, brush
rubio blond
rudo crude; hard, blunt
rueda circle
ruido noise
ruidosamente noisily
rumbo direction, path
rumor *m.* murmur
ruptura break

S

sabana plain; sabaaana endless plain
saber to know (how to); find out; lo sabía indeciso knew that he was irresolute
sable *m.* saber
saborear to relish
sacar to take (bring) out, get; make; — con bien to protect
saciar to satisfy
saciedad weariness
saco sack
sacudir to shake; brush; make quiver

sadismo sadism (love of cruelty)

sagrado sacred

sala (living) room

salida escape, outlet; outskirt

salir(se) to go (come) out, depart, emerge, stick out; turn out; — **a** to go (come) out into

salmodiar to intone

salón *m.* drawing room

saltado popping

saltar to jump, leap; prance

salto leap

salud *f.* health

saludar to salute, greet, bow

salvaje wild

salvar to save; **-se** to escape

salvo save for

San Juan de los Morros *a town in the state of Guárico, in Venezuela*

San Sebastián *a town in the state of Aragua, in Venezuela*

san(to) holy; saint; **el Santísimo** the Holy Sacrament (of the Eucharist)

sanar to cure

sangre *f.* blood; — **verde** weak blood

sangriento bloody

sanguinolento blood-covered

sano uninjured

sapo toad

saqueo looting

sargento sergeant

satisfecho pleased

sazón *f.* moment

sebo tallow; candle

secar to dry, wipe

seco dry; curt; simple, clear; **pararse en** — to stop short

sed *f.* thirst

segar to mow down

seguida: en — at once

seguidamente immediately after

seguir to follow; continue, go on; be; obey

según according to

segundo second

seguridad sureness, safety; **con** — for sure; **tener la** — **de** to be sure of

seguro sure, safe; — **que** I'm sure

sembrado cultivated field

sembrar to sow

semejante similar, such a; one of many

semidesnudo half naked

seminarista theological student

sencillo simple

sensible sensitive; perceptible

sentarse to sit down, up

sentido meaning; direction; consciousness

sentimiento feeling

sentir(se) to feel, hear, notice; regret

seña sign

señal *f.* sign; **en** — **de** as a token of

señalar to point (out), mark

señor sir, Mr., gentleman

señorear to dominate

ser to be; **como sea** no matter how things are; **donde sea** anywhere; **es que** the fact is that; **lo que es (mañana)** as for (tomorrow); *n.m.* being

servible usable

servicio round (of drinks)

servir to serve, be good; **para** —

le at your service; **le servía de**
he used as; **si les sirve de algo**
if it's of any use to you
severo gloomy
si if, whether; but, why
sí yes *frequently used for emphasis;* **a nosotros —** but WE do,
etc.; **eso —** however; **que —
y que** of course
siembra field
siempre always; still; **para —**
forever
sierra mountain range
siervo servant
sigilosamente silently
significación meaning
siguiente following
silbar to whistle
silencioso silent
silueta silhouette, shape
silla chair; saddle
sillón *m.* armchair
simpatía friendship
simpático pleasant, nice, friend-
ly; **usted me es —** I like you
simple plain
simulacro image, effigy; **— de
ejecución** mock execution
simular to feign
sin without
siniestro sinister
sino but, except; **no ... —** only;
n. destiny
sinvergüenza horrible thing
siquiera even
sistema *m.* series
sitio place
situarse to be, place oneself
soberbio arrogant
sobrar to be more than enough

sobre on, about; over, above; in;
against; **por —** above, over
sobrecogido dismayed
sobrevenir to occur, come
socavar to dig into
socorrer to come to the aid of
socorro help
soga rope
sol *m.* sun, sunlight; **con —** in
the sunlight
soldadesca mob of soldiers
soldado soldier
soledad solitude
solicitar to ask for
solidario united
solo alone, solitary; single; mere
sólo only
soltar to drop; slacken
sollozar to sob
sombra shadow, darkness
sombrero hat
sombrilla parasol
sombrío dark
sometido overpowered
son *m.* sound; **a — de** to the
sound of
sonar to sound; blow; be heard
sondear to pump
sonido sound
sonreír to smile
sonrisa smile
soñar to dream; **— a, con** to
dream of
soportar to endure
sordo deaf; muffled
sorna: con — slowly, slyly
sorprender to surprise; come
upon
sorpresa surprise
sospechar (de) to suspect

sospechas *pl.* suspicion
sospechoso suspected; suspect
sostener to sustain, hold (up)
sotana cassock
sótano cellar
suave soft
subir to go (come) up, climb; mount, increase
súbito sudden; **de —** suddenly
subrayar to emphasize
suceder to happen
sucio dirty
sudar to sweat
sudor *m.* sweat
sudoroso sweat-covered
suelo ground
sueño sleep; dream; **tener —** to be sleepy
suerte *f.* luck; fate; **que tengan buena —** good luck to them
sufrir to suffer
suicidarse de to kill oneself because of
sujetar to hold
sujeto subject
sumario brief
sumergirse to sink
sumir to sink, overwhelm
sumisamente meekly
superficie surface
superior upper, top
súplica entreaty
suplicar to beg, plead
suplicio anguish, passion
suponer to suppose
suprimir to suppress, take from
supuesto false
sur *m.* south
surgir to rise, sweep forward

suspirar to sigh
sutil slender

T

tabaco tobacco; brown color
tabla plank
tableteo rattle
tablón *m.* field
taburete *m.* stool
tajo gash
tal such (a), a certain; **un —** one
talado laid waste
tallar to carve; outline
tallas *pl.* carving
también also
tambor *m.* drum; thunder
tamborear *m.* drumming
Támesis *m.* Thames
tamizado sifted, filtered
tampoco neither, not either, not that one either
tan as, so, such a; as much a; **— solo** only
tanto as, so much; **en — que** whereas; **un —** a bit
tapia wall
tapicería tapestry
tarde *f.* afternoon, evening; **por las -s** in the afternoon
taza cup
tea torch
teatro theater
tecla key
teclado keyboard
techo roof
teja tile
tejerse to weave, blend
tejido fabric; crisscross; *adj.* composed

tela cloth
tema *m.* subject
temblar to tremble, flicker
tembloroso trembling; chattering
temer to fear
temeroso timid
temible fearful
temor *m.* fear
tempestad storm
temprano early
tender(se) to stretch out
tenebroso gloomy
tener to have; hold; — algo de to seem like; — muchos años aquí to have been here for many years; — que to have to; no — nada que ver con to have nothing to do with; ¿qué tiene? what's wrong with him?
tentar to tempt
tenue thin
teñido stained
terciado slung
terminantemente resolutely
terminar (de) to finish, end
término end; corner
ternura tenderness
terremoto earthquake
terreno field, battlefield
tibio warm
tiempo (some) time; year; a un — mismo at the same time; en buen — at the right time; en -s iguales at regular intervals; tener — aquí to have been here some time
tierno tender
tierra earth, land, ground, dirt; por — on the ground
tigre *m.* tiger

timbre *m.* tone
tiniebla darkness
tinto dyed
tirador sharpshooter
tirar to throw, cast; toss off
tiritar to shiver
tirón *m.* jerk, pull
tiroteo shooting
titilar to twinkle
tizón *m.* firebrand
tocador player; — de tambor drummer
tocar to touch, play, ring; — a to sound; me toca hablarle I must speak to you
todavía yet, still; — no not yet
todo all, everything; con — y including; del — completely; sobre — above all; toditico every single bit
tomar to take; eat, drink; acquire
tono key, note
tonterías *pl.* nonsense
tórax *m.* trunk
torbellino whirlwind
torcer to twist
tormenta storm
tornar(se) to turn; return; — a (preguntar) to (ask) again
toro bull
torpe clumsy, slow
torpeza slowness
torreón *m.* fortified tower
torso trunk; waist; body
totuma gourd
trabado joined
trabajar to work
trabajo work, job, task
traducción translation
traducir to translate; reveal

traer to bring; carry

tragaluz *m.* skylight

tragar to swallow, absorb

trago swallow; drink

traición treachery, treason

traicionar to betray

traidor traitor

traje *m.* suit, dress, clothes, uniform

trampa trap

trance *m.* emergency

tranquilizar to reassure

tranquilo quiet, still

transfigurarse to be transformed

transitado traveled

trapiche *m.* sugar-cane mill

trapo rags; flag

tras after, behind

trasluz *m.* outline

traspiés: dar — to stumble

trastrocar to muddle

tratar to treat; — de to try to; -se de to be a question of

través *m.* bias; a, al — de across, through

traviesa across

trecho: a -s at intervals

trenzar to braid, weave; dance; emit

tripero *coll.* guts

triste sad

tristeza sadness; dar — a to make sad

triunfar to win

triunfo triumph

triza shred; hacer -s to smash to bits

tromba tornado

tronco trunk

tronera loophole; dormer window

tropa troop, force

tropel *m.* mob

tropezar to bump into, stumble

trote *m.* trotting

trueno thunder

tumbar to knock down, off; -se to flop down, sway

tumbo fall; dar -s to roll

turba mob

turbar to upset

turno: a su — in turn

Túy *a river valley in north central Venezuela*

U

uh oh!

uhm *coll.* huh!

último last, recent; por — finally

umbral *m.* threshold

único single, only

unido solid

uno one; — que otro an occasional; *pl.* some, about; a pair of; los -s a los otros each other; los -s y los otros all of them

utensilio tool

útil useful

utilidad usefulness

V

vaciar to empty

vacilaciones *pl.* hesitation

vacilar to hesitate

vacío empty

vagabundo bum, crook

vago vague

vale *coll.* pal
Valencia *a Venezuelan city, capital of the state of Aragua*
valer to be worth; -se de to take advantage of
valeroso courageous
valiente brave
valor *m.* value; bravery; — significante meaning; *pl.* valuables
válvula valve
valle *m.* valley
vaquero cowboy
varios *pl.* several
varón manly
vaso glass
vecindad neighborhood, region
vecino neighbor, inhabitant; fellow; *adj.* neighboring; — de next to
vela candle
velada evening's entertainment
velar to watch
veloz swift
vena vein; welt
vencedor conquering
vencer to conquer, beat, overcome
venda bandage
vendado bandaged
vendaje *m.* bandage
vender to sell
Venecia Venice
venerar to worship
venganza revenge
venida arrival
venir(se) to come; — sobre to come after
venta inn
ventaja advantage

ventana window
ventanilla peephole
ventero innkeeper
ver to see, watch, look; — de arriba abajo to stare at; a — let's see, come
vera edge; path
verdad true; (the) truth; de — really; de —, — really and truly
verdadero true
verde green
verdoso greenish; crusted
vereda path
verter to shed
vertiginoso dizzy, whirling
vértigo dizziness, whirl
vestido dressed, clad; colored
vestiduras *pl.* clothes
vestimenta clothing
vez *f.* time; a, en veces at times; a su — in turn; cada — más more and more; de — en cuando from time to time; otra — again; tal — perhaps
vía way
viajar to travel, move
viaje *m.* journey; seguir — to travel on
viajero traveler
vibrar to tremble
Victoria, La *a Venezuelan city, in the state of Aragua, and the site of several battles of the Wars of Independence*
vida life; ¡por — suya! for Heaven's sake!
vidrio glass
viejo old
viento wind

vientre *m.* belly; — **a tierra** at full speed

viga beam

vigilante guard

vilo: en — into the air

villa town; **La Villa,** *or* **Villa de Cura,** *a town in the state of Aragua, in Venezuela*

villorrio village

vino wine

violar to break through

violento raging

violeta violet; violet-colored

virgen virgin; **la** — **del Carmen** the Blessed Virgin

vísceras *pl.* entrails

visión vision; **su** — the sight of him

vislumbres *f.pl.* shimmer

víspera eve, night before

vista sight; **hasta la** — until we meet again; **inquirir con la** — to look inquiringly; **su** — the sight of them

vistoso showy

vitral *m.* windows

víveres *m.pl.* provisions

viviente living

vivir to live; glow; **¿quién vive?** who goes there?; **¡viva!** long live! hurrah for!

vivo bright, clever; living

vocerío shouting

vociferar to yell

volante unattached

volar to fly

voltear to turn; **hacer** — to toss

voluntad will; **tener mala** — **a** to have a grudge against

volver to return; turn; — **a** (ha-blar) to (speak) again; **-se** to turn into; **-se a** to turn to

vorágine *f.* whirlpool

voraz devouring

voz *f.* voice; command; **a media** — in a low voice; **en** — **alta** in a loud voice

vuelo flight

vuelta turn; **dar** —, **dar la** — **a** to move around; **dar** — **a** to surround; **dar media** — to pivot, turn over; **darse** — to turn around

Y

y and

ya already, now, by now; soon, right away; — **no** no longer

yacer to lie

Yuma *a mountain on the edge of Lake Valencia*

Z

zaguán *m.* entry

zaino chestnut

zalamero wheedling

zambo half-breed (negro and Indian)

zamuro *Venez.* vulture

zancudo *Amer.* mosquito

zaperoco *Venez.* confusion

zarandear to shake

zaraza chintz

zozobrar to be in anguish

Zuazola, Antonio *a royalist officer, noted for his wanton cruelty*